中国民间故事

陈　娟◎主编

中国民族文化出版社
北　京

图书在版编目(CIP)数据

中国民间故事 / 陈娟主编 . -- 北京 : 中国民族文化出版社有限公司 , 2023.6

ISBN 978-7-5122-1687-7

Ⅰ . ①中… Ⅱ . ①陈… Ⅲ . ①民间故事—作品集—中国 Ⅳ . ① I277.3

中国国家版本馆 CIP 数据核字 (2023) 第 119665 号

中国民间故事

Zhongguo Minjian Gushi

主　　编　陈　娟
责任编辑　王　华
责任校对　李文学
出 版 者　中国民族文化出版社　地址：北京市东城区和平里北街 14 号
　　　　　邮编：100013　联系电话：010-84250639　64211754（传真）
印　　装　三河市腾飞印务有限公司
开　　本　710mm × 1000mm　16 开
印　　张　12
字　　数　145 千
版　　次　2023 年 7 月第 1 版第 1 次印刷
标准书号　ISBN 978-7-5122-1687-7
定　　价　25.80 元

序言

Preface

“书籍是人类进步的阶梯。”书是我们的良师益友。读书可以陶冶人的情操，给人知识和智慧。培养青少年的阅读能力非常重要。读书能使他们理性地思考问题，善于主动寻找学习方法，知识面会更广阔。在性格和人格方面，阅读能使青少年情绪更稳定，处事更冷静，自我约束力更强。

青少年文学与成人文学有着不同的功用，青少年文学强调更多的是教育意义。这个年龄段的特征，青少年易受周围环境的影响，所以青少年文学应特别注意教育性。青少年文学作品中应巧妙地穿插一些知识性的内容，以增加作品的教育性，满足青少年的好奇心和求知欲。本套丛书由《看看我们的地球》《中国民间故事》《中国古代神话故事》《欧洲民间故事》《非洲民间故事》组成，从不同层面介绍了世界各地的自然及人文特点，对青少年更多地了解世界文化，以及世界观的形成有促进作用。

阅读指南 Reading Guide

·名师导读·

开宗明义，介绍作品内容，激发阅读兴趣，引导持续阅读。

·名师解析·

点评重点语句，剖析写作手法，了解人物形象，提升理解能力。

·精美插图·

根据文章内容，搭配精美插图，丰富阅读体验，获得美的熏陶。

·名师点评·

深入分析文章主旨，帮助读者理解文章内容、情感、艺术特色，提升读者的感悟能力。

百鸟朝凤

名师导读

为什么凤凰有那么美丽的羽毛？为什么百鸟之王是凤凰而不是别的鸟？从这里的故事中可以找到答案哦。

对比修辞

故事开头，作者将凤凰和百灵鸟、孔雀进行对比，突出其平平无奇的特征。这和“百鸟之王”称号格格不入，引起了读者的兴趣。

在远古，凤凰既没有百灵一样动听的歌喉，也没有孔雀一样色彩斑斓的羽毛，就是一只浑身上下灰扑扑的、平平无奇的小鸟。凤凰在百鸟群里一点儿也不引人注目，但是它既勤劳又善良，所以后来被选为百鸟之王。

那个时候，森林里一直风调雨顺，十分祥和，果树花木都长得十分茂盛。百鸟居住在大森林里，每天吃喝玩耍，无忧无虑。但是，凤凰每天从早到晚忙着四处采集松子、橡果、谷粒，并收藏到树洞里，就连别的鸟儿吃剩下的或者扔掉的果实，它也会细心地捡起来，真是做到了颗粒归仓。

鸟儿们见凤凰从早到晚只顾着捡粮食，都对它冷嘲热讽。喜鹊嘲笑它是个财迷，乌鸦笑话它浪费时间。

阅读与理解

名师点评

凤凰用自己的魅力征服了百鸟，受到了百鸟的拥戴，获得了无上的尊崇和荣耀。

⭑三五年之后，大旱灾降临森林，山上的花草树木枯死了，百鸟在饥饿之中什么都顾不上了，连以前从不正眼瞧的树根、草皮都吃了个精光。森林里光秃秃的，没有了食物，鸟儿们一个个饿得晕头转向，快要支撑不住了。

思考练习

1.凤凰原本是很漂亮的鸟儿吗？

2.为什么鸟儿们要感谢凤凰，并推崇它成为百鸟之王？

3.从凤凰的行为，我们认识到了什么道理？

读书心得

·日积月累·

荟萃好词、好句，积累写作素材，提升鉴赏能力和写作水平。

·思考练习·

根据作品内容提出有针对性的问题，让“读”与“想”紧密结合。

·读书心得·

总结阅读后获得的体会和感悟，培养独立思考的习惯。

作品导航 Navigation

作者简介

民间故事是广大劳动人民共同创作和占有的一种精神财富，大多没有特定的作者。这些故事是人们在生活、生产过程中创造出来的，经口口相传，流传至今。中华民族是一个由五十六个民族组成的大家庭，每个民族都有自己的文化传统和生活习俗，具有自己独特的民俗文化，因而形成了不同特色的民间故事。这些故事都有一个共同的特点——讴歌真、善、美，寄托普通人对美好生活的向往。《中国民间故事》以汉族民间故事为主，亦收录了部分少数民族的优秀民间故事，其作者就是中华民族大家庭的每一个成员。

作品概述

《中国民间故事》收集了一些我国民间家喻户晓的、影响深远的故事，如《七仙女和董永》《曹植作诗》《梁祝化蝶》《孟姜女的传说》等。这些故事中，不仅有令人感动的伟大爱情，也有古人卓越的智慧和为人处事的道理。

文学特色

民间故事是从远古时代起就由劳动人民创作并传播的、有一定虚构内容的文学作品。根据故事内容，民间故事可以分为幻想故事、动植物故事和生活故事等。无论从哪个层面和角度看，民间故事都反映了广大劳动人民的心声，表达了人们对生活的美好向往。

目录

Contents

目录

MuLu

梁祝化蝶

名师导读

看到蝴蝶你会联想到什么？如果你曾经听说过梁山伯与祝英台的故事，那你一定会想起他们。

祝英台是东晋时期的会稽人，聪明美丽且多才多艺，她同当时的普通女子不一样，十分喜欢读书写字。祝英台十五六岁的时候，一心想要去外地的学馆里读书，但封建时代的女孩子都被要求在家相夫教子，是不能外出读书的。英台和丫鬟苦思冥想，想到一个好办法：既然只有男子能去读书，不如就扮成男子吧。于是，祝英台打扮成一个公子的模样，丫鬟则假扮成书童，两人互相看了看，忍俊不禁。

对比修辞

作者运用了对比的修辞手法，将祝英台和普通女子进行对比，突出了祝英台的与众不同。

祝英台决定找个人试试能否看出自己是女扮男装。此时她的父亲正在厅堂里坐着喝茶，忽然看见一位公子带着书童进来向他行礼，他不明所以，连忙起身答礼让座，并问公子尊姓大名。祝英台发现连父亲都没有认出自己，十分高兴。她回屋卸了妆，露出了女儿

语言描写

言为心声。父亲责怪祝英台想法荒谬，其实真正荒谬的是他。但是从结果来看，祝英台取得了胜利，这显示了祝英台的不一般。

埋伏笔

两人半道相遇，情投意合，结拜成兄弟，由此结缘。两人的邂逅，为故事情节的发展埋下了伏笔。

容貌，父亲大吃一惊，怪她胡闹，不合规矩。祝英台跟父亲表明了自己要去求学的想法，父亲说她荒谬："自古至今，哪有女子出门求学的？即使你假扮成男的，在外生活也有诸多不便。"但是，祝英台软磨硬泡，父亲没有办法，只好同意。

二人就这样挑着书箱求学去了。天气炎热，走到半路，她们觉得又渴又热，便暂时到路旁的小亭子里休息。碰巧一个书生和书童也到这里来歇脚。几句交谈过后，祝英台了解到这位书生名叫梁山伯，也是前去求学的。二人的共同语言很多，聊得很是投机，决定就此结拜成兄弟。因梁山伯比自己大两岁，祝英台便认梁山伯为兄，结拜过后，四人同行，继续赶路。

到达学馆之后，他们先去拜见了老师，老师将二人安排成同桌一起学习。梁山伯十分照顾祝英台，对待她就像对待自己的亲弟弟一样，他们几乎天天都待在一起，是彼此最要好的朋友。

祝英台以为自己女扮男装的事情隐藏得很好，没想到师娘其实早就发现了。师娘把英台叫过来询问，英台无奈只好说出了真相，并请求师娘帮忙保守秘密。师娘答应了，她很欣赏英台女扮男装前来求学的勇气，从此对她更加关照。师娘成了英台很好的朋友，英台每当伤心难过的时候，都会去找师娘谈心，师娘仿佛是英台的主心骨。

在外求学的日子过得飞快，一眨眼三年过去了。这天英台家中来信说父亲病重，让她赶紧回家。英台十分担心，立刻找老师请了假，但她又舍不得梁山伯，于是便找到师娘帮忙。英台告诉师娘，和梁山伯同窗的三年，自己早已深深爱上了他。英台将一个玉扇坠交给师娘，希望师娘能为二人做媒，在自己走后帮忙向梁山伯提亲。

梁山伯得知祝英台要启程回家，前来送她。二人一路上送了又送，难舍难分。祝英台想跟梁山伯表明自己的心意，但又不好意思直说，只能举例子来启发梁山伯。

两人前方有一条河，河里有一对鹅，祝英台便唱道："前面来到一条河，河里游着一对鹅，公鹅就在前面游，母鹅后面叫哥哥。"

梁山伯只顾着拍手叫好，根本就没听懂她的意思，自顾自地向前走。祝英台笑他榆木脑袋，接着又唱了几首比喻男女爱情的歌曲，可是梁山伯都没有听懂，祝英台无奈地说："梁兄可真是一只呆头鹅！"

祝英台并没有放弃，她继续唱道："青青荷叶清水塘，鸳鸯成对又成双。英台若是红装女，梁兄啊，你愿不愿意配成双？"

只听梁山伯深深地叹了一口气说道："哎，可惜你不是红装女啊！"

祝英台觉得又好气又好笑，只好摇摇头说道：“我家中有一个双胞胎九妹，跟我长得一模一样，我可以做媒让她和你结为夫妻，不知梁兄可否愿意？”梁山伯一听两人长得一模一样，便高兴地答应了。

梁山伯一直送了祝英台出城十八里还是舍不得离开，可是送君千里终有一别，两人最终在江边告别。离别之际，他们相约七月七日梁山伯到祝家提亲，梁山伯望着祝英台远去的背影久久舍不得离去。

叙述

江边告别，两人依依不舍。祝英台借口家中有个九妹，让故事又产生了新的故事，一环套着一环，推动了故事情节的发展。

回到家的祝英台第一时间去看望父亲，这时父亲的病已经好了。父亲趁机让英台换回女儿装扮，不许她再外出读书。恰逢一家姓马的大财主前来替儿子求亲，于是父亲就将祝英台许配给了马家的儿子。英台听后伤心欲绝，坚决不嫁，她哭着告诉父亲，自己早已心有所属，非梁山伯不嫁，并且已经托师娘给她说媒。可是，古代女子的婚姻大事，向来都是“父母之命，媒妁之言”，英台的父亲硬是要将她嫁到马家。

语句解读

在那个男尊女卑的封建时代，祝英台是没有发言权的。这也为梁山伯与祝英台的爱情埋下了悲剧的祸根。

梁山伯回到学馆以后，继续用功读书，不知不觉地把和英台约定七月七日去她家提亲的事情忘记了。直到师娘拿着玉扇坠找来时，梁山伯才恍然大悟：原来自己一直关照的弟弟竟然是女儿身，原来英台说的“九妹”就是她自己。梁山伯又惊又喜，立刻请了假前往英台家。

梁山伯来到祝英台家，看到恢复女子装扮的祝英台心动不已。他说自己蠢笨，没有听明白英台的暗示，还说已经知道了英台托师娘提亲的事情，自己也十分欢喜。没承想英台哭着说："梁兄啊，梁兄，你为什么现在才来，我父亲已经将我许配给马家了！"梁山伯听后潸然泪下，感到撕心裂肺般的疼痛，两人抱头痛哭，发誓谁都不要离开谁，没有人能够拆散他们。祝英台的父亲听到动静后赶了过来，他强行将两人分开，把梁山伯赶了出去，并命人把祝英台看管起来。

梁山伯回到家以后日夜都在思念着祝英台，茶不思、饭不想，没过多久就病倒了，最终久治不愈，年纪轻轻就去世了。他临死之前，请求家人将他埋在祝家通往马家的路上。

场面描写

热闹的迎亲场面与祝英台的被迫出嫁形成了对比，让故事情节进一步向悲剧结局发展。

转眼间，马家迎亲的日子就到了。马家的儿子身着红衣，骑着高头大马来到祝家门口。迎亲的人将花轿停放好，吹打奏乐十分热闹。祝英台的父亲一直催促她上花轿，可是伤心欲绝的她怎么也不肯。父亲无可奈何，只好令众人将英台推进了花轿。

奇怪的是，花轿走到半路时，忽然刮起一阵大风，树叶被刮得漫天飞舞，抬轿子的人也被吹得七倒八歪。英台的丫鬟告诉她，前面就是梁山伯的坟墓。英台听说之后不顾众人阻拦，立马下轿朝坟墓跑去，她说什么也要去祭拜梁山伯。

祝英台身着嫁衣，踉踉跄跄地跪倒在梁山伯的墓前。她放声痛哭，不明白有情人为什么不能终成眷属，哭得惊天地泣鬼神。一刹那，天空中乌云密布，电闪雷鸣，大雨倾泻而下。梁山伯的坟墓突然裂开一道大缝，祝英台见状，大声哭喊着“梁兄！我来寻你”，便毫不犹豫地跳了进去。

环境描写

乌云密布，电闪雷鸣，风狂雨骤，加上祝英台的放声痛哭，共同营造了悲剧性爱情故事发生的环境，故事情节的发展达到了高潮。

不到片刻，雨停风止，天空中出现了一道绚丽的彩虹，一切似乎从未发生过。只是梁山伯的墓前有一对美丽的蝴蝶在翩翩起舞，它们时分时合，像是在说着悄悄话。后来人们都说，这对蝴蝶就是梁山伯与祝英台变的。至今，人们还把这种黑花纹、翠绿斑点、尾翼上有两根长长飘带的大蝴蝶叫作“梁山伯与祝英台”。

阅读与理解

名师点评

梁山伯与祝英台的爱情是凄美而惨烈的。在那个婚姻大事凭“父母之命，媒妁之言”的时代，两人冲破世俗，大胆追求爱情，真是可歌可泣。

日积月累

多才多艺　相夫教子　女扮男装　踉踉跄跄　伤心欲绝　乌云密布　电闪雷鸣　毫不犹豫　翩翩起舞

*她放声痛哭，不明白有情人为什么不能终成眷属，哭得惊天地泣鬼神。一刹那，天空中乌云密布，电闪雷鸣，大雨倾泻而下。梁山伯的坟墓突然裂开一道大缝，祝英台见状，大声哭喊着“梁兄！我来寻你”，便毫不犹豫地跳了进去。

思考练习

1.《梁山伯与祝英台》是经典的中国古代爱情故事，该故事发生在中国哪个省？

2.梁山伯与祝英台两人各具有什么样的性格特点？

读书心得

乾隆灭匪

名师导读

乾隆皇帝喜欢到民间出巡，他每次出巡都为老百姓解决了很多急难问题，留下许多美好的传说。下面就是关于乾隆皇帝捉拿“张氏五虎”的故事，让我们一起来看看吧。

在滔滔洛水畔的巍峨邙山，洛阳古都以北、黄河孟津渡口以南之处，藏着一个聚集了千户人家的小山村——要店寨。

周武王、汉光武帝、唐太宗都曾在这里设阵，至今寨子附近还有汉朝游击军点将的平乐观台和三座汉墓。

当时，寨子里的人大多姓黄，姓张的只有一户。张家兄弟共五人，在此开客店，他们用客店当掩护，胡作非为，无恶不作，被百姓称为“五虎”，就连洛阳知府傅中庸也惹不起他们。

埋伏笔

介绍了张家五兄弟，突出了他们嚣张跋扈的特点，为下文埋下了伏笔。

相传，乾隆皇帝来洛阳游龙门。有天晚上，看着落霞满天，乾隆突然想在此歇一歇，于是传话寻找前面的村子宿驾。

洛阳知府傅中庸正等着接驾，一听皇帝要宿驾在前面的村子，顿时吓得胆战心惊，急忙向大总管禀报："大人，前面的村子里有一伙土匪，整日强取豪夺，下官无能，至今未能将他们剿灭。为免歹徒惊扰圣驾，求大人向皇上禀明情况，千万不可在此地宿驾。从此处再往前一二十里，洛阳府已做好准备候驾，恳请圣上三思呀！"

语言描写

洛阳知府傅中庸得知皇上要在要店寨宿驾，吓得胆战心惊。从侧面反映出洛阳知府的无能。

大总管一听，忙向乾隆一五一十地奏报。乾隆勃然大怒："好你个没用的奴才，居然连区区几个毛贼都制服不了。"突然，乾隆念头一转，将大总管叫到跟前耳语吩咐了几句，随后下令去往洛阳。

村子里的张家兄弟得到消息说乾隆皇帝要到龙门巡游，不由暗自嘀咕："一定要当心，如果惊扰了皇上就得遭殃了。要把皇上惹怒了，他就会把重兵调来，咱这个小店可抵挡不住。"

心理、语言描写

通过对张家兄弟的心理描写和语言描写，表现出了张家兄弟对乾隆的忌惮。

于是，张家兄弟传令一班狐朋狗友，告诉他们皇帝近日路过此地，绝不能惹是生非。张家兄弟也提心吊胆地躲了起来，准备随时逃往邙山。

后来，听说乾隆皇帝的人马匆忙离开要店寨，张家兄弟这才放下心来。那晚，他们请狐朋狗友来吃酒，不一会儿，个个喝得烂醉如泥。

他们万万没有想到，此时此刻，乾隆皇帝正亲率御林军把整个要店寨团团包围了起来。若不是乾隆皇帝假意转道去了洛阳，要店寨怎么可能速战速决被拿下？原来，大总管向乾隆皇帝禀报要店寨的土匪情况时，乾隆便决定要在此扫除贼寇。于是，乾隆假意传出去往洛阳的消息，却暗度陈仓留下了一部分卫兵埋伏在邙山的深沟里。等到三更时分，御林军便迅速将张氏五虎抓捕了起来。

村子里的穷苦百姓，看到村外有火把，知道皇帝派兵把山寨围住了，于是大伙儿一起动手，打开寨门，迎来官兵，并同官兵一起冲进张宅，把张氏兄弟及数十名大小头目一举活捉了。

叙述

村中的百姓打开寨门欢迎官兵，说明民心所向，无往不利。

天亮了，乾隆皇帝发令：将张氏兄弟斩首，焚烧张家店，把要店寨改名为“耀店”，以示永远光耀的意思。同时传下旨意，将傅知府削职，降为平民。

阅读与理解

名师点评

乾隆皇帝擅长治理国家，他足智多谋。捉拿“张氏五虎”之时，他一边大造声势，一边暗度陈仓，并做到了速战速决。

日积月累

畔　胆战心惊　烂醉如泥

⋆在滔滔洛水畔的巍峨邙山，洛阳古都以北、黄河孟津渡口以南之处，藏着一个聚集了千户人家的小山村——要店寨。

⋆后来，听说乾隆皇帝的人马匆忙离开要店寨，张家兄弟这才放下心来。那晚，他们请狐朋狗友来吃酒，不一会儿，个个喝得烂醉如泥。

⋆原来，大总管向乾隆皇帝禀报要店寨的土匪情况时，乾隆便决定要在此扫除贼寇。

思考练习

1.要店寨的地理位置如何？

2.张氏兄弟最终下场如何？

3.要店寨最终改成了什么名字？

读书心得

阿诗玛的传说

名师导读

美丽的姑娘阿诗玛，原本应该有一个幸福快乐的未来，却不幸被大河的旋涡吞没了。下面就为大家讲述这个故事的来龙去脉。

从前，一对夫妻住在一座破烂的房子里，以种地为生。他们有个女儿名叫阿诗玛。

背景介绍

介绍了阿诗玛的家庭条件，表明她家境贫寒。

阿诗玛十七岁了，长得非常漂亮，很招人喜欢。爹妈见女儿长大了，想着要给她说一门亲事，她说：“阿黑哥那么勤劳，还会很多本领，我喜欢他。”

黑心的财主觉得阿诗玛很好，想让儿子娶她为妻，于是派管家做媒人，并对他说：“我要给儿子娶阿诗玛，只要你能帮我办到，什么东西我都可以给你。”

管家来到阿诗玛家，劝说道：“阿诗玛应该嫁给我主人的儿子，我的主人富甲天下，他们家是最好的选择。”

阿诗玛听后，气愤地说：“他就是头狼，我怎么会嫁到他们家去！”

语言描写

管家替黑心的财主提亲，并出言威胁阿诗玛，让她答应这门婚事。

管家威胁说：“现在是好言相劝，之后就没有这么多的好话跟你说了！一定会让你同意的。”

阿诗玛回答道：“不嫁就是不嫁，你想尽办法也没有用。”

过了几天，黑心的财主带着人马来抢亲。阿诗玛怎么能够抵挡得了呢？于是，她被拖走了。她大哭道：“阿爹，阿妈，快去找阿黑哥来救我吧！”

阿黑一听说阿诗玛被抢走了，就骑着马带着武器去营救阿诗玛。

财主让儿子关起大铁门，拦住阿黑不准他进来。

他的儿子说：“阿黑，你敢和我比赛对歌、砍树、接树、撒种吗？我要是输了，就把阿诗玛还给你。”

“好，一言为定！”阿黑答道。

对比修辞

将阿黑的歌声和财主儿子的歌声进行对比，突出阿黑歌声优美。

比赛开始了，阿黑越唱越有神，声音清脆嘹亮，而财主儿子的声音却极其难听。

砍树时，阿黑一斧砍下三大块；财主父子俩用两把斧头一起砍，只砍下了一小块儿。父子俩始终没有赢过阿黑。

输了比赛的财主想了一个坏主意，他把阿黑请进门，打算半夜放老虎出来伤人。阿黑早有准备，半夜了，他躲在楼梯口，等老虎冲上来，立刻就把老虎杀死了。

语言描写

财主儿子看到老虎被打死了，心里害怕，不得已让阿诗玛回家了。

第二天一早，父子俩一见死老虎，吓得要命。

“这样也不是办法，还是让阿诗玛回去吧。”地主的儿子说。

阿黑带着阿诗玛回家了。黑心的财主不甘心,他去央告崖神把路阻拦。

当两人走到十二崖子，小河突然变成了大河，洪水滚滚而来，一个旋涡就卷走了阿诗玛。

阿黑在风雨中高声喊:“阿诗玛！阿诗玛！”

十二崖子顶传来回声:“阿诗玛！阿诗玛！”

原来十二崖子的应山歌姑娘救了阿诗玛，并使阿诗玛成了回声神。从此，人们只要在山上喊，就会听到回声，那就是阿诗玛的声音。

阅读与理解

名师点评

阿诗玛被黑心的财主抢去，原本得到阿黑的营救，两人可以逃离黑心财主的魔爪，却不料崖神助纣为虐，帮助黑心的财主夺去了阿诗玛的生命，但最终善良的阿诗玛成为回声神。这个故事表现了阿诗玛和阿黑对黑暗势力的勇敢反抗，这种不屈不挠的精神值得我们学习。

日积月累

破烂　漂亮　气愤　威胁　营救　清脆　嘹亮　甘心　阻拦　消失

*比赛开始了，阿黑越唱越有神，声音清脆嘹亮，而财主儿子的声音却极其难听。

*当两人走到十二崖子，小河突然变成了大河，洪水滚滚而来，一个旋涡就卷走了阿诗玛。

思考练习

1.阿诗玛喜欢的人是谁？

2.财主是一个怎样的人？

3.这则故事告诉了我们什么道理？

读书心得

十八罗汉十七金

名师导读

杭州净慈寺里有十八罗汉，可奇怪的是只有十七个罗汉有金身，这是怎么一回事呢？让我们一起来看看吧。

相传，唐末开始出现“十六罗汉”的说法，到了宋代，则盛行“十八罗汉”的说法了。不过，十八个罗汉里面只有十七个罗汉是金身，这是为什么呢？

点文题

介绍了十六罗汉和十八罗汉出现的时期，并提出疑问，点题。

传说，杭州净慈寺的老方丈因大雄宝殿的十八罗汉还没有装金，眼看清明节就要到了，十分着急。而那个疯疯癫癫的济癫早已看出了他的心思，便贴着老方丈的耳朵轻声说：“师父，这点儿小事算不了什么，十八罗汉装金的事由我一个人包了。”老方丈听了，疑惑不解地摇摇头说：

“不可能，不可能，你有什么办法？”

“有！有！我有办法！”济癫说完，转身走了。

设悬念

老方丈不相信济癫的话，济癫却信心满满，让读者也不由得疑惑起来。

这天夜里，济癫一反常态，他打来一盆清水，脱下那双旧蒲鞋，将积满污垢的双脚洗得干干净净。他洗完脚后，端起那盆又黑又脏又臭的水，来到大雄宝殿，“嗖”的一声跃到了罗汉的身上。

做铺垫

济癫把洗脚水浇到罗汉身上。他的这种行为真是太大胆了，为后文故事情节的发展做了铺垫。

他一边不停地念着“变金子，变金子”，一边将洗脚水往上浇，浇完一个再浇下一个。

浇到最后一个罗汉时，刚巧老方丈从大雄宝殿前走过。

老方丈一看济癫正在搞恶作剧，不禁大吃一惊：“真是大逆不道，罪过啊！”

他脸一板，大声喝道，“济癫！你在干什么？”

“嘻嘻，小僧在给罗汉喷金子哩！”济癫嬉皮笑脸地回答。

语言、动作描写

老方丈看到济癫的疯狂行为，顿时火冒三丈。

“放肆，这哪里是喷金子！你这个孽坯，还不给我快滚！快滚！”老方丈大吼道，一个箭步上前，夺过济癫手中的洗脚盆，把剩下的洗脚水泼了个一干二净，又狠命地将脚盆朝地上砸了个稀巴烂。

济癫无奈，只得愤愤离去。老方丈见十七罗汉被浇得浑身湿淋淋的，心痛不已。

第二天早上，老方丈起得特别早，有心要来看看十八罗汉到底变成啥样了。嘿，只见大雄宝殿内金碧辉煌，十七罗汉果真穿上了亮堂堂、黄灿灿的金衣裳，唯有一个罗汉仍旧灰扑扑地站在那里。

这时候，老方丈后悔莫及，急匆匆地去找济癫商量：“济癫，你能否把那个罗汉也喷上金子？”

“嗯，不行啦，不行啦，东西被砸了，再也不行喽。”济癫只是一个劲儿地摇头。

语言描写

济癫的话中透露着浓浓的遗憾。

从此，净慈寺里就是“十八罗汉十七金”了。

阅读与理解

名师点评

用人不疑，疑人不用。这个故事告诉我们，眼睛看到的事情有时候并不是真实的情况，我们在做一件事情的时候，如果选择相信自己的伙伴，就一定要给予他足够的信任。

日积月累

污垢　大逆不道　嬉皮笑脸　一干二净　金碧辉煌　商量

★相传，唐末开始出现“十六罗汉”的说法，到了宋代，则盛行“十八罗汉”的说法了。不过，十八个罗汉里面只有十七个罗汉是金身，这是为什么呢？

★老方丈大吼道，一个箭步上前，夺过济癫手中的洗脚盆，把剩下的洗脚水泼了个一干二净，又狠命地将脚盆朝地上砸了个稀巴烂。

★嘿，只见大雄宝殿内金碧辉煌，十七罗汉果真穿上了亮堂堂、黄灿灿的金衣裳，唯有一个罗汉仍旧灰扑扑地站在那里。

思考练习

1.“十八罗汉十七金”是什么意思?

2.济癫是一个什么样的人?

3.老方丈心疼的是什么?

读书心得

九仙女泪化九仙汤

名师导读

为什么泡了九仙汤可以让人放松，可以治头疼脑热呢？“九仙汤”这个名字又是怎么来的呢？这里要讲述的便是关于它的美丽传说。

九仙温泉位于奉新县，在当地十分有名，可是关于它“水破天心”的传说，除了老一辈行医的人，几乎没有人知晓。

传说在很久以前,有一位名叫后羿的英雄。那时候，人们常年被十个太阳暴晒，后羿一怒之下射掉了几个太阳，其中就有一个太阳跌落到了奉新县附近的一座大山之上。从此,这座山便燃起了终年不熄的熊熊大火。

> **插叙**
> 插叙了后羿射日的故事，突出了后羿的勇敢和高超的箭术，同时交代了此地环境恶劣的原因。

日月更迭，原本埋在半山腰里的太阳变成了一颗宝珠。虽然后来有一个取宝的人钻进山里，将宝珠取走了，熊熊火焰慢慢熄灭了，可是山上依然热气逼人，以致方圆几十里的河流都干了，水源极度缺乏。

有一天，天上有几位仙女下凡游玩。她们突然发现一个小伙子浑身长满了燎泡，奄奄一息地躺在乱石

丛里。最小的九仙女拿出一粒仙丹，喂进了小伙子的嘴里，等他苏醒之后，仙女们问他为什么落到如此境地。

小伙子说他是个游方郎中，姓汤。他的父母在世的时候告诉过他，被天火烧过的山上有一种石子十分特别，如果将这种石子碾成碎末，可以用作治百病的药引。于是，小伙子便冒着生命危险来到这里，爬到山上去采了一包石子，没想到自己的身体却被烫伤了。返回的路上，他口渴难忍，钻心的疼痛也让他实在扛不住，只觉得脚下一软就不省人事了。幸运的是仙女们救了他。

叙述

解释了小伙子昏倒在地的原因，可以看出他是一个乐于助人的好郎中。

小伙子向仙女们道谢之后，便要继续赶路了，却不料浑身都不能动弹。这时，九仙女同姐妹们耳语了几句，转头又对小伙子说道："你且再忍耐忍耐，过一会儿我们还会回来的。"说完，九位仙女就驾起祥云离开了。

语言描写

九仙女的话语，能够反映出她是一个善良的人。

不过一顿饭的工夫，九仙女便回来了。原来她跑到瑶池去装了一罐瑶池仙水，不但给小伙子擦洗了伤口，还给他带回了几个仙果充饥。小伙子心里热乎乎的，忍不住流下了感激的泪水。

只三天的工夫，小伙子的伤口就结痂了，也不疼了。后来小伙子和九仙女在相处中产生了感情，结成了夫妻。

有一天夜里，九仙女突然对小伙子说道："汤哥，我们如今就像无根的浮萍一样，四处漂泊，就在附近安家可好？”小伙子听了回答道：“那当然好了，可这里连一滴水也没有，怎么能安家呢？”九仙女听了笑着说：“这个问题就由我来解决吧。”

对话描写 两个人的对话中流露出他们对幸福生活的渴望，也正是因为有了这个想法，才有了这里环境的大变化。

过了几天，九仙女运用自己的聪明头脑，偷偷取来王母娘娘头上的金簪，悄悄来到天河边，手一挥就把天河划出了一道小口子，将一股清泉引了出来，形成了如今的九仙河。

又清又甜的泉水一来，让这里的草儿发出了嫩芽，枯树也返青了，慢慢地人气也旺了起来。九仙女和小伙子在泉边开了一家小药铺，每天由小伙子诊脉，九仙女负责抓药，日子过得十分幸福合美。因为医术高超，药到病除，所以小夫妻俩帮助了很多患者。

因为九仙河的水是天上引来的仙水，所以特别灵，住在这里的小伙子一个个都身强力壮，姑娘们都长得亭亭玉立，老人们都很健康长寿，人们都争相来到这里安家。

可是，纸里终究包不住火，九仙女盗金簪划开天河的事情，终于被王母娘娘发现了。王母娘娘盛怒之下，用五爪雷击伤九仙女，将她压在大山底下。随后又派出天兵天将假发慈悲地对汤哥说道：“你和九仙女原本应当一同治罪，但念你忠厚老实，暂且免你一死，以后你就专门负责为我配制长生不老药丸吧！”

转折 此句承接前文，引起下文。引出九仙女和汤哥的结局。

汤哥誓死不从，他说："我生要与我的妻子一起，死也要和我的妻子在一起，想要我给你配药，绝对不可能！"结果，汤哥就被毒死了，埋在了山上。

语言描写

汤郎中不肯给王母娘娘制药，以换取偷生的机会，他要同妻子生死与共，表达了他对妻子至死不渝的爱。

到了第二年的春天，山上发生了奇怪的事情，只见两股热气蒸腾的泉水从山脚下的岩石缝里喷了出来。有人探手去试了试温度，一股烫红了手，一股十分温暖，人们都猜测这两股泉水是汤哥夫妻彼此思念而流出来的眼泪。从此以后，人们为了纪念汤哥夫妇，给温泉取名叫"九仙汤"。更神奇的事情是，大家发现若是谁有个头疼脑热、腰酸背痛的小疾，只要到温泉里面泡一会儿，便会全身松快。日子一天天过去，后来这个村子就得名"九仙汤"了。

阅读与理解

名师点评

为百姓争取利益，让百姓得到实惠的人，一定会被百姓牢牢地记住，并以独特的方式被纪念，就像这从古至今流传下来的纪念九仙女和汤哥夫妻的"九仙汤"。

日积月累

跌落　熄灭　苏醒　嘀咕　忍耐　慈悲　忠厚　腾云驾雾

*传说在很久以前，有一位名唤后羿的英雄。那时候，人们常年被十个太阳暴晒，后羿一怒之下射掉了九个太阳，其中就有一个太阳跌落到了奉新县附近的一座大山之上。从此，这座山便燃起了终年不熄的熊熊大火。

*只见两股热气蒸腾的泉水从山脚下的岩石缝里喷了出来。有人探手去试了试温度，一股烫红了手，一股十分温暖。

思考练习

1.后羿射下了几个太阳？

2.九仙汤的名字是怎样来的？

3.九仙女是怎样的人？

读书心得

钟馗的故事

名师导读

钟馗在传说中长得十分丑陋，专门捉小鬼吃，所以总是让人恐惧。其实，他很有才华，还差点儿考上了状元。但是，他为什么没有当上状元却成了镇宅天师呢？让我们一起来探一探这其中的缘由吧。

传说，唐朝时有个读书人名叫钟馗。他的一双大眼睛炯炯有神，但是面貌却十分凶恶，看起来就像一个凶狠野蛮的人。钟馗的文采很好，从州县一路考到了长安。这一年，他来到长安准备参加省试。

背景介绍

介绍了钟馗生活的年代以及他的相貌，并强调了他文武双全。

到了考试那天，钟馗进入考场，只看了一眼考题，便自信地提起笔，开始洋洋洒洒地答卷了，只一会儿工夫就信心十足地将文章写完，交卷了。两名主考官在批阅时看到钟馗的试卷，都认为他的文章十分优秀，给他评出了第一名的好成绩。

到了放榜那一天，皇帝听取上榜名单的时候，听闻取得第一名的人叫钟馗，便在召见的时候仔细观察他。然而皇帝看见钟馗之后却被他给吓到了，说：“这个人长得这么难看，哪里有状元的样子啊！”

语言描写

这段话表现了主考官的公正，不以貌取人，看中的是一个人的才华。

主考官立刻说道：“选拔人才应该是看他的才华，而不是看他的外貌。钟馗的策论紧扣国事，见解十分独到，若能钦点他为状元，必能显示出皇帝对人才的重视。”

皇帝沉吟片刻说：“你说得也不无道理，但是他长得这个样子真的不适合当状元！”

这个时候，素来喜欢拍马屁的宰相在一旁听到皇帝说的话，便赶紧附和皇帝说道：“皇上说得不无道理，作为状元，既要文采好，也要长得好看，才能彰显我朝风范。应试的人这么多，怎么可能选不出这样的人呢？”

钟馗见皇帝和宰相根本不看重自己的才学，气愤地说道：“有这样的皇帝，国家迟早要亡！”

皇帝见状，生气地说道：“大胆钟馗，竟敢这样说话，速速拿下！”

动作、语言描写

钟馗见皇帝因为容貌而放弃了有才华的自己，心中大怒，一气之下自杀了。

钟馗大怒之下，抽出了卫士的剑，高声叹道：“白白努力了一辈子！”说完便自杀了。

皇帝见状，不免有些后悔，钟馗尽管相貌不好看，却很有才华，这样结束了生命真是可惜。于是命人将他厚葬了。

几年之后，皇帝生病了，迷迷糊糊中见到一个容貌恐怖，头上系着带子，身上穿着蓝色衣袍，皮革裹足，露出一只手臂在外面的身影进入了皇宫。皇帝心里很是害怕，便问他是何人。只见那人向皇帝施礼说道："我就是当年因为长得丑陋而落选的钟馗，感谢陛下当年下旨将我厚葬，今天我是来报恩的。"

> **语言描写**
> 皇帝厚葬了钟馗，钟馗为此心存感激，在皇帝病重时帮助了他。

第二天，皇帝的病突然就好了起来。为了纪念钟馗，皇帝便下诏，让画师根据自己的梦境画了《钟馗赐福镇宅图》，并将钟馗封为"赐福镇宅圣君"。至此，家家户户都把钟馗的画像张挂在家里，祈求全家能得到护佑。

阅读与理解

名师点评

都说"人不可貌相"，我们不能以貌取人，仅仅根据一个人的外貌来判断他的实际才华和能力，太主观了。

日积月累

炯炯有神　优秀　才华　沉吟　附和　气愤　祈求　护佑

*传说，唐朝时有个读书人名叫钟馗。他的一双大眼睛炯炯有神，但是面貌却十分凶恶，看起来就像一个凶狠野蛮的人。钟馗的文采很好，从州县一路考到了长安。这一年，他来到长安准备参加省试。

*皇帝生病了，迷迷糊糊中见到一个容貌恐怖，头上系着带子，身上穿着蓝色衣袍，皮革裹足，露出一只手臂在外面的身影进入了皇宫。

思考 练习

1.皇上为什么认为钟馗不应该被钦点为状元？

2.皇上是一个怎样的人？

3.这则故事告诉了我们什么道理？

读书心得

姜子牙和“四不像”

名师导读

为什么姜子牙的坐骑叫“四不像”？它是怎样来到姜子牙身边的？它又是怎样帮助姜子牙的？快让我们一起来看看吧。

周文王姬昌拯救了生活在水深火热中的人们，姜子牙被封为丞相，辅佐他。他们带领八百路诸侯向朝歌进军。

后来周文王病逝在行军途中，他的儿子姬发继位，这就是武王。他继续讨伐纣王。武王统率三军在中原地区的牧野和殷商展开了一番血战。

传说，姜太公手执神鞭，骑着“四不像”，踏着祥云，能够日行千里，指挥军队百战百胜。他所到之处，商军没有不害怕的！

叙述 写出了姜太公领兵打仗的能力非凡。

在与商军作战的过程中，周武王亲率主力追击，将对方的阵形完全打乱。商军毫无斗志，纷纷投降，很快就崩溃了。

一看情况不妙，帝辛返回鹿台自焚，商朝就此灭亡。

外貌描写

详细描写了姜子牙坐骑的外形特点，突出了它的与众不同。

姜子牙的坐骑，因为有着像鹿一样的犄角，还长了一张马脸和四只牛蹄、一条驴尾巴，远看像鹿又像马，像牛又像驴，所以得名“四不像”。在我国，“四不像”又被唤作麋鹿，是特有的珍稀动物。因为“四不像”陪着姜子牙四处征战，讨商伐纣，立下了汗马功劳，加之外形特殊，古人便将它尊为和传说中的麒麟齐名的神兽，象征着能给人带来好运和吉祥！

传说，姜子牙上昆仑山拜师的时候三十二岁，直到七十二岁才领命下山。他下山之后找到自己早年的结拜兄长宋员外，投奔到宋家庄，并和六十八岁的马氏成亲。因为马氏的原因，姜子牙婚后不久便开始经商，但是一直不顺利。最初的时候他在城中编笊篱，不料却因为一场大火编好的笊篱被烧得精光；后来他又去卖面粉，可是又因为一阵狂风，面粉被吹走了一半；他还开了一家饭店，却偏偏遇到连月下雨而没有食客上门；他还卖过猪牛马羊，结果被盗贼抢劫一空。总而言之，他做什么赔什么，以至于夫妻二人穷困潦倒，马氏天天责骂姜子牙没本事，最后一怒之下跑回了娘家。

叙述

姜子牙去做常人做的那些生意，但是都以失败告终，暗示他本就不是做生意的人。

姜子牙某天从朝歌回家，路经一片山林，看见一个牧童在哭泣。

姜子牙问：“你有什么难处，为什么在这里一直哭呢？”

他回答说：“今天我在山上放牛，突然刮起一阵大风，卷起一团黑云，我的大黑牛被卷跑了。如果嫂嫂知道了，她一定会打死我的！”

这个牧童的名字叫李小，他很小的时候，父母双亡，后来和哥哥相依为命。自哥哥李大结婚后，嫂子桃花就对李小各种看不惯，视他为“眼中钉”，常找各种借口责骂他。桃花数次把李小赶出家门，每次都是哥哥把他找回来的。李大对泼妇桃花也不敢说什么。李小在家里被嫂子各种虐待，不但整天干重活，而且总是缺吃少穿。现在家里唯一的黑牛又丢了，不知道李小会被嫂子怎么责罚！

叙述

李小虽然辛苦地干活，却依然受尽嫂子的虐待，可见他生活得很艰辛。

姜子牙掐指一算，知道是山里的狐狸精搞的鬼，黑牛应该被他们吃掉了，就对小牧童说：“你别难过，我家有头大青牛，我也没空养，你把它牵回家。那是一头母牛，等青牛生产之后，你只需再给我一头牛犊就可以了！”牧童一再推辞，最终在姜子牙的坚持下牵着大青牛回去了。

到了第二天，姜子牙找出了自己的打神鞭，来到山里找到了狐狸精的巢穴，杀死了二十三只狐狸精，只有九尾银狐精趁机逃了出去。后来，这只九尾银狐幻化成人，以苏护之女苏妲己之名迷惑纣王，最后导致民不聊生，让姜子牙追悔莫及！

姜子牙将大青牛送给牧童后，从娘家回来的马氏没有看见自己家的牛，便问：“你把青牛带到哪儿去了？”

姜子牙回答说：“前天在山里遇见一个小男孩儿，因为妖怪吃掉了黑牛在那儿悲伤，我可怜他，就把大青牛送给他了。”

听了此言，马氏大怒，痛骂姜子牙：“你这无赖，窝囊废，让你去做生意，你就只会赔钱。如今倒好，家里的大青牛也送人了，我嫁给你就真是跳进火坑里了，这日子一天也过不下去了。”

语言描写

马氏听到姜子牙把自己家的牛送给别人，心中愤怒，对他破口大骂。

马氏收拾好东西，扭头要走，被姜子牙一把拉住说：“夫人别急，虽然我现在很落魄，可我不是普通人，怎么能用常人的眼光来看我？不需要多长时间，便会有明主封侯于我。等我成就一番事业以后，夫人可以与我共享荣华富贵。”

听了姜子牙的话，马氏冷笑着说：“你能封侯拜相吗？我不相信，与你结为夫妇，我并没有享受到半分富贵，我们就此别过，再也不做夫妻了！”

姜子牙长叹道：“既然这样，覆水难收，你出了家门可别后悔啊。”马氏一向瞧不起姜子牙，也听不进他说什么，无情地转身走了。

埋伏笔

这句话说明马氏离开的决心很大，没有丝毫犹豫，为下文情节的发展埋下了伏笔。

后来，周文王重用姜子牙，姜子牙领兵击败了纣王，周文王不仅封姜子牙为侯，还赏赐了他许多钱财。马氏闻讯悔恨万分，但这时她已嫁给了鞋匠丁破为妻，马氏欲扔下丁破，与姜子牙重新和好。丁破生气了，他扔下正在修补的破鞋，大骂道：“你这个三心二意的婆娘，当初嫌人家穷，就离开了，如今却瞧人家有钱，就又想找人家。你还有无廉耻？”听到这番话，马氏仰天叹道：“怨我有眼无珠，不是有福气的人！”她连羞带气地走开了。

据说，马氏见姜子牙鹿台封神，便缠着他要好处。姜子牙避不过去，念在和她曾经是夫妻，封她为扫帚星。凡是马氏所去的地方，霉运就会到达，人们看到她都会躲起来。

由于她没有福气，福星不让她住在福地里，因而人们为了躲避她，逢年过节都在家里贴“福”字。

叙述

解释了人们把“福”字贴在家中的原因，表达了人们对扫帚星的厌恶。

话说马氏离开一年后，李小牵着头怪物来到了姜子牙的住处。

姜子牙十分惊讶，他问李小：“小哥，你这手里牵着的是什么？”

李小回答道：“恩公，这就是你那大青牛产下的牛犊呀！”

姜子牙向左看，向右看，只见这牛犊看起来牛不像牛，驴不像驴，马不像马，鹿不像鹿，喜欢极了，哈哈大笑着说：“这头牛是麒麟投错了胎，四样都不像，就叫它‘四不像’吧！”

语言描写

姜子牙一句话就给大青牛的牛犊子定了名字。交代了“四不像”名字的由来。

姜子牙把“四不像”收下，精心地养着。“四不像”慢慢长大，吃的粮食一天天增多，长得又壮又大，姜子牙常让它跟着自己，一兽一人日日夜夜陪伴，如亲人一般，很少分开。

心理描写

“四不像”见姜子牙家中断粮，不忍心再给主人添麻烦，决定离开。这表现了它关心主人，为人着想的品质。

次年，因为长期干旱，土地干涸裂开，蝗灾也随之而来，百姓们流离失所。“四不像”看着姜子牙家里面也没有粮食了，想着自己不能再给主人添麻烦了，便想要离开。

这一天，“四不像”来到姜子牙的跟前，两只前腿跪在地下，开口像人一样说话了：“恩公，感谢您几年来对我的精心抚育，真是太不容易了。现在到处都是灾荒，家里也没有粮食了，我不能再拖您的后腿让您来养活我，我得去自食其力了。”

语言描写

“四不像”要离开姜子牙了，它承诺只要姜子牙在遭遇困境时喊它，它就会回来，表达了它心中的感激。

临走前，“四不像”还嘱咐姜子牙说道：“以后，若是您遇到什么困难或者灾祸，千万记得只需要叫一声‘四不像’，我一定回来帮您。”

说完，“四不像”对姜子牙磕了三个头，口里吐出一缕白烟，驾着祥云飞向西北方向。姜子牙凝望着“四不像”远去，久久不语。

姜子牙来到孟津，这里紧挨着黄河，他搭起一个草棚，开了一间饭馆。

叙述

叙述了姜子牙家里发生的怪事，暗示这是“四不像”在报恩。

入夜，姜子牙躺在床上，心里思念着“四不像”，嘴里不停地念叨着。没想到，第二天就发生了神奇的事情，原本快没有米的米缸里面装满了黄灿灿的小米；原来空空的装面的瓦罐里面也装了满满的面。而且，总是前一天吃完了第二天就会满上。到了晚上，姜子牙也总是会梦见"四不像"给他送米送面。谁也不知道的是，朝歌粮仓里的米面总会突然消失。

就这样，一晃五年过去了。这天晚上，姜子牙突然梦见"四不像"喘息着向自己奔跑过来，见到姜子牙说道："恩公，自从离别您之后，我去了昆仑山。最近，听说黄河要决口了，您赶紧逃走吧。"

姜子牙从睡梦中惊醒，天不亮便赶紧起床了。他找出一面小铜锣跑到街上，大声呼喊道："乡亲们，黄河快要决口了，大家赶紧离开呀！"

动作、语言描写

对姜子牙的动作和语言的描写，一方面表现出姜子牙急切的心理，另一方面也表现了姜子牙英勇无畏、心系他人安危的高尚品行。

人们听说黄河要决口，赶紧收拾东西，虽然十分不舍自己的家乡，但为了保住性命，还是纷纷逃走了。

不过三天光景，这一天只见狂风大作，乌云蔽日，瞬息之间，惊雷闪电齐发，暴雨倾盆而来。连续三天三夜的暴雨，让黄河水快速涨了起来，只见黄河水猛烈翻滚着，漫过河岸，摧毁河堤，吞噬了万顷良田。

这以后，"四不像"成了姜子牙的坐骑，帮助他讨商灭纣，立下了不朽功勋。大家很感激"四不像"冒着泄露天机的危险告诉姜子牙黄河决口的消息，救了他们的性命。所以，在太公庙的姜子牙塑像之下也安放了一尊"四不像"的雕像，以此来纪念它。

叙述

表达了人们对"四不像"的感激之情。

阅读与理解

名师点评

姜子牙有两个亲密之“人”：一个是妻子马氏，她因为嫌弃姜子牙没本事而离开了他；一个是知恩图报的“四不像”，最后获得了人们的感激。我们要学习“四不像”的优秀品质，而不要学习马氏嫌贫爱富。

日积月累

辅佐　讨伐　投降　崩溃　珍稀　虐待　落魄　决口

*传说，姜太公手执神鞭，骑着“四不像”，踏着祥云，能够日行千里，指挥军队百战百胜。他所到之处，商军没有不害怕的！

*不过三天光景，这一天只见狂风大作，乌云蔽日，瞬息之间，惊雷闪电齐发，暴雨倾盆而来。连续三天三夜的暴雨，让黄河水快速涨了起来，只见黄河水猛烈翻滚着，漫过河岸，摧毁河堤，吞噬了万顷良田。

思考练习

1.根据你掌握的知识，说一说古代的黄河为何会泛滥？

2.当时百姓的生活状态是怎样的？

3.百姓为什么感激“四不像”？

毛女仙姑

名师导读

毛女只是秦朝宫廷里一个不起眼的小宫娥，为什么人们要纪念她，为她塑像呢？想要一探究竟，就让我们一起来看看下面这则故事吧。

“十八盘，弯又弯，毛女峰下吸袋烟。”

去华山旅游过的人都知道这句顺口溜。它说的是人们游华山，从玉泉院进入华山峪谷，再前行一段山路之后，到了毛女峰需要歇歇脚。经过这一路的攀登，人会消耗大量的体力，在这里稍作休息，既可以瞻礼毛女仙姑的塑像，还可以将太华的风光欣赏一番，把狮子滚绣球、金龟吸蛤蟆、和合二仙、水帘洞等自然风光和天纵奇观尽收眼底。

背景介绍 解释了顺口溜的意思，并介绍了毛女峰的位置、环境，引起读者的好奇心。

毛女仙姑名为玉姜，秦始皇在吞并六国时，把还是少女的她从楚国掳掠而来，那时她只有十四岁。玉姜通音律善抚琴，日日笑面为君舞，夜夜抚琴在君侧，这就是她进入阿房宫后的真实生活。

秦始皇自称帝以后，就在咸阳东六十多里的骊山

下，占用良田为自己修建了一座面积达三百亩之大的陵园。修建这座陵园历时三十余年，先后有七十多万人服役。在其病后，宦官赵高进谗言要将宫中的一些人陪葬。这个消息一经传出，阿房宫里人人自危，全都惶恐不安。奈何宫墙太高，护城河太深，怎么都逃不出去，大家只能坐着等死。

阿房宫里一名叫张夫的老太监到处打探，当得知自己的名字也在名单上时，大惊失色，害怕极了。后来他想，自己已是黄土埋半截身子的老头子了，死不足惜，可是那些天真烂漫的少女，小小年纪就被送入墓坑活埋，实在太残忍了。想到这里他不禁悲从中来，在伤心流泪之时，一个想法冒了出来：不能坐以待毙，我要想尽一切办法帮她们逃出去。

心理描写

描写了老太监张夫听到殉葬的消息后的心理活动，表达了他心中的不安，也表现了他勇于抗争的精神。

张夫是秦始皇的随身太监，他跟随秦始皇南征北战、出生入死，常常为秦始皇传达圣旨，所以在宫中上下威望很高。一个漆黑的晚上，张夫亲自驾着一辆载满宫娥的彩车，镇定自若地驶向宫门。玉姜也在这些宫娥当中。守卫的士兵看到是张老太监，心存敬畏。老太监假传圣旨说是要去骊山为皇上求长生不老药，守门的士兵深信不疑，便放他们出了宫门。

张老太监带着宫娥们匆忙出逃。他们来到一个三岔路口，扔掉车辆，分为几路逃命。如今的“五女坟”（兴平县西门外）和“六姑泉”（渭南县南原）就是传说中此次出逃宫娥的葬身之处。

叙述

这段话讲述了玉姜和老太监相依为命，一起逃跑的艰辛历程。

张老太监带着玉姜和几个宫娥向东一路逃去。不知不觉间，几个人走散了，只剩下了玉姜和张老太监二人，一路上在破窑古庙里栖身，相依为命。

一天，他们逃到宁秦境内（今华阴市），忽见身后扬起漫天尘土，马蹄声声，原来是追兵来了！此刻，他们忘记了疲惫和饥饿，转身逃进了华山脚下的树丛中。崎岖的山路上怪石当道，人迹罕至。等他们历尽千辛万苦逃到莎萝坪，却不料悬崖在前，已无法前进。

眼看就要落入魔爪的玉姜姑娘绝望地哭了："老天呀，老天，你为何不睁开慧眼，搭救一下我这无爹无娘、走投无路的女子啊！"

神奇的是，在玉姜的哭喊声中，一片彩云出现在天空。

空中传来一个声音："玉姜还不快逃！"玉姜闻声抬眼望去，眼前一条平坦的山间小路伸向远方。她没时间多想，急忙搀扶着老太监，三步并作两步地踏了上去。待追兵赶到时，面前又恢复成一面陡峭的悬崖，那些秦宫的爪牙只得掉转马头悻悻离去。

叙述

交代了玉姜与老太监脱险的原因，为故事增添了一抹传奇色彩。

原来，是瑶池的王母娘娘正好路过华山，想要欣赏一下世间传闻的"奇险天下第一"的华山美景，正好听见了玉姜的呼救声。于是，王母娘娘现身云头，用她的如意拐杖救了玉姜和张老太监二人的性命。

玉姜搀扶着张老太监一路逃命，躲到如今被称为“张夫洞”的石洞之中，饱受奔波和惊吓之苦的张老太监终于病倒，没过多久便去世了。玉姜痛哭着将老人安葬了。

春去秋回，山中不知世间已过了几个春秋。进入山里之后，玉姜靠着采摘松果、柏实，挖黄精、人参，喝山泉水果腹解渴。

有一天，到山中采药的陶道人听到前面有咔嚓、咔嚓的响声，循声望去，看到一个面容漆黑、目光吓人、浑身上下绿油油的怪物正在攀折树枝，吓得他连忙将手中的拐杖扔向怪物。那怪物看到陶道人似乎也受到惊吓，赶紧跳下树逃走了。

外貌描写

通过姓陶的道人的视角，描写了玉姜现在的样子，看起来与常人差别很大。

陶道人随即壮胆呵斥道：“你是人还是妖？”

那怪物回过身来认真看了看陶道人，见他无害己之意，顿时失声痛哭道：“是人，我是人！”

接着大声问道，“始皇帝还在不在人世？”

陶道人听到这没头没脑的言语，一时没明白什么意思，便随口回答：“还在。”

怪人听罢，吓得转身就跑。见此情形，陶道人慌忙改口：“不要跑了，不要跑了！实话告诉你，秦朝已经灭亡，现在是汉朝了！”

那怪人听了，连忙停住脚步，吐出了长长的一口气。

看到那怪人收住脚步，陶道人马上又追问道：“你既然是人，怎么变成了这个样子？”这个怪人就是玉姜，她一把鼻涕一把泪地讲述了自己遭遇的不幸。

这以后，人们为了纪念玉姜，便将她住过的山峰称为“毛女峰”，将她住过的洞称为“毛女洞”，将她朝拜北斗星的地方称为“拜斗坪”，还为她在峰下雕了塑像，修建了一座“毛女洞下院”。

阅读与理解

名师点评

人们对毛女的纪念，一方面是对她不幸遭遇的同情，另一方面也揭露了秦始皇的残暴。

日积月累

奇观　掳掠　天真烂漫　残忍　敬畏　崎岖

★玉姜通音律善抚琴，日日笑面为君舞，夜夜抚琴在君侧，这就是她进入阿房宫后的真实生活。

★有一天，到山中采药的陶道人听到前面有咔嚓、咔嚓的响声，循声望去，看到一个面容漆黑、目光吓人、浑身上下绿油油的怪物正在攀折树枝，吓得他连忙将手中的拐杖扔向怪物。

思考练习

1.毛女仙姑的真实姓名是什么?

2.毛女仙姑是一个怎样的人?

3.这则故事让你产生了怎样的联想?

读书心得

百鸟朝凤

名师导读

为什么凤凰有那么美丽的羽毛？为什么百鸟之王是凤凰而不是别的鸟？从这里的故事中可以找到答案哦。

对比修辞

故事开头，作者将凤凰和百灵鸟、孔雀进行对比，突出其平平无奇的特征。这和“百鸟之王”称号格格不入，引起了读者的兴趣。

在远古，凤凰既没有百灵一样动听的歌喉，也没有孔雀一样色彩斑斓的羽毛，就是一只浑身上下灰扑扑的、平平无奇的小鸟。凤凰在百鸟群里一点儿也不引人注目，但是它既勤劳又善良，所以后来被选为百鸟之王。

那个时候，森林里一直风调雨顺，十分祥和，果树花木都长得十分茂盛。百鸟居住在大森林里，每天吃喝玩耍，无忧无虑。但是，凤凰每天从早到晚忙着四处采集松子、橡果、谷粒，并收藏到树洞里，就连别的鸟儿吃剩下的或者扔掉的果实，它也会细心地捡起来，真是做到了颗粒归仓。

鸟儿们见凤凰从早到晚只顾着捡粮食，都对它冷嘲热讽。喜鹊嘲笑它是个财迷，乌鸦笑话它浪费时间。

当然了，也有不忍心看到凤凰被讽刺的好心的鸟儿会安慰它：“森林里的食物这么充足，我们不管到哪儿都能找到食物，你为什么还要捡这些东西藏起来呢？”凤凰回答：“虽然现在看起来我们不缺食物，但万一哪一天突然发生了灾荒，我们如果不提前储存一点儿的话，可就什么吃的都找不到了。”鸟儿听了，不屑地说：“瞧瞧你真是瞎操心，现在风调雨顺、五谷丰登的，怎么可能发生灾荒呢？”凤凰听了，只是笑而不语，继续收集粮食。鸟儿们见无法说服凤凰，摇摇头便飞走了。

对话描写

鸟儿是好心，但是缺少长远规划；凤凰有远见，有谋略。通过对话描写可以看出，凤凰最终成为百鸟之王应该是实至名归的。

三五年之后，大旱灾降临森林，山上的花草树木枯死了，百鸟在饥饿之中什么都顾不上了，连以前从不正眼瞧的树根、草皮都吃了个精光。森林里光秃秃的，没有了食物，鸟儿们一个个饿得晕头转向，快要支撑不住了。这时候，凤凰突然出现在大家面前，它说道：“快随我来！”随即带着鸟儿们来到一个山洞。百鸟看着凤凰走上前去掀开遮掩在洞口的稻草，只见山洞里面摆满了各种果实和粮食，比如松子、橡栗、稻谷等。鸟儿们兴奋极了，都恨不得马上跑过去吃个痛快。可是，它们一想到以前凤凰辛苦积攒食物的时候，自己还一个劲儿地嘲笑它，就只能望着食物发呆，而不敢贸然地闯进去了。

场景描写

三年大灾，这是悲剧。作者通过对灾难之中百鸟陷入生存困境的场景描写，从反面突出了凤凰的睿智和有远见。

凤凰见了，忙对大家说：“大家饿坏了吧？尽管进来吃个饱。我这些年储藏食物，不就是为了今天吗？”说完，凤凰亲自走进山洞，搬出食物分给大家。鸟儿们都十分感动，也明白了为什么凤凰要居安思危，那么“傻乎乎”地劳动了。

动作描写

成为百鸟之王，是凤凰勤劳、善良，有远见，愿意与大家分享食物的结果。一系列动词的运用，表现了百鸟对凤凰的崇敬和钦佩。

分享了凤凰储藏的食物之后，百鸟为了感激凤凰帮大家渡过难关，一致推举它为百鸟之王。同时，大家还不约而同地从自己身上拔下一根最漂亮的羽毛，它们将这些羽毛汇集到一起，制作出一件五彩缤纷的百鸟衣，献给了凤凰。从这以后，凤凰再也不是灰扑扑的样子，而是森林里最漂亮的鸟儿了。

从这以后，百鸟每年都会带着各式各样的礼物，从四面八方飞来，为凤凰庆祝生日，这就是“百鸟朝凤”的由来。

阅读与理解

名师点评

凤凰用自己的魅力征服了百鸟，受到了百鸟的拥戴，获得了无上的尊崇和荣耀。

日积月累

色彩斑斓　风调雨顺　颗粒归仓　光秃秃　晕头转向　居安思危

*三五年之后，大旱灾降临森林，山上的花草树木枯死了，百鸟在饥饿之中什么都顾不上了，连以前从不正眼瞧的树根、草皮都吃了个精光。森林里光秃秃的，没有了食物，鸟儿们一个个饿得晕头转向，快要支撑不住了。

思考练习

1.凤凰原本是很漂亮的鸟儿吗？

2.为什么鸟儿们要感谢凤凰，并推崇它成为百鸟之王？

3.从凤凰的行为，我们认识到了什么道理？

读书心得

老鼠嫁女

名师导读

从来只见过猫吃老鼠，可你听说过猫娶老鼠做新娘吗？这里讲的就是一个老鼠嫁给猫的故事。

老鼠夫妻住在阴冷潮湿的地洞里，它们生了一个十分好看的女儿。眼看着女儿一天天长大，到了该出嫁的年龄，老鼠夫妻琢磨着，要给自己好看的女儿张罗一户威风凛凛的人家才行。可是到底谁才是最威风的呢？想来想去，老鼠夫妻也没想到答案，于是，准备出去找一找。

设置悬念

嫁女是一个家庭非常重要的事情。作者提出问题，设置悬念，引起故事情节的发展。

刚刚走出家门，老鼠夫妻看到太阳正明晃晃地挂在天空。老鼠夫妻心想，这世上的妖魔鬼怪没有不怕太阳光芒的，这世上最威风的应该就是太阳了，不如把女儿嫁给太阳吧。于是老鼠夫妻找到太阳，表达了自己的想法。不料太阳听了，皱起眉头说道：“两位老人，我哪有你们想象的那么威风啊！比我更威风的是乌云，只要乌云来了，我的光芒就会被它遮住，所以我建议你们去找乌云。”

老鼠夫妻听了，赶紧去找乌云，告诉它，它们准备把自己的女儿嫁给它。乌云说：“两位老人家，我哪有你们想象的那么威风啊！比我更威风的是大风，只要大风来了，立马就会把我吹散。”

老鼠夫妻听了，赶紧去找大风，告诉它，它们准备把自己的女儿嫁给它。大风说：“两位老人家，我哪有你们想象的那么威风啊！比我更威风的是围墙，只要一碰到围墙，我就吹不动了。”

老鼠夫妻听了，赶紧又去找围墙，告诉它，它们准备把自己的女儿嫁给它。围墙被它们吓了一跳，说道：“你们怎么会认为我最威风呢？要知道我最怕的就是你们了，因为就算我再坚固，依然会被你们打出洞来啊。”

老鼠夫妻一听都愣住了。老鼠爸爸说：“原来，乌云比太阳威风，大风比乌云威风，围墙比大风威风，我们老鼠比围墙威风，绕了一大圈，我们才是最威风的啊！可是，谁又比我们更威风呢？”老鼠妈妈说道：“比咱们更威风的，当然得属花猫了，从古到今不都是老鼠怕猫吗？”老鼠爸爸说：“既然花猫才是最威风的，那我们不如就把女儿嫁给花猫吧！”

老鼠夫妻俩打定主意，赶紧找黄鼠狼去向花猫提亲。花猫一听乐坏了，立马满口应承了下来。到了成亲那天，老鼠们准备了非常隆重的送亲仪式，准备了

语言描写

太阳、乌云、大风威力无穷。但是，对太阳、乌云、大风的语言的描写，让读者看到了太阳、乌云、大风的低调、含蓄。

语言描写

此处的语言描写，诙谐、生动、有趣，非常有特色。作者对围墙的语言描写，会令读者在忍俊不禁之余陷入沉思。

场面描写

有多高调就有多悲惨。作者不吝笔墨，详细描写了老鼠嫁女豪华、热闹、盛大的场面，这与老鼠们悲惨的结局形成了对比。

一顶漂亮的花轿送美丽的老鼠姑娘出嫁。老鼠姑娘身着喜袍，头戴红花，坐在由四只身强体壮的老鼠抬着的花轿里。黄鼠狼陪同着花猫新郎官在花轿前面引路。送亲队伍一路上吹打弹唱，好不欢喜。花猫家早已备好了酒席招待老鼠们，等老鼠们高高兴兴地入席喝醉了，花猫新郎笑哈哈地窜了出来，将新娘和送亲的老鼠全都一口一个吃到了肚子里去了。

阅读与理解

名师点评

有句话说得好，当你凝视深渊的时候，深渊也在凝视你。老鼠想要攀附权势，却没想到赔上了自己的性命。真是聪明反被聪明误呀！

日积月累

阴冷潮湿　琢磨　威风凛凛　明晃晃　妖魔鬼怪　满口应承
身强体壮　高高兴兴

*老鼠们准备了非常隆重的送亲仪式，准备了一顶漂亮的花轿送美丽的老鼠姑娘出嫁。老鼠姑娘身着喜袍，头戴红花，坐在由四只身强体壮的老鼠抬着的花轿里。黄鼠狼陪同着花猫新郎官在花轿前面引路。送亲

队伍一路上吹打弹唱，好不欢喜。

思考练习

1.老鼠最后找到的新郎官是谁？

2.老鼠嫁女请谁来做的媒？

3.老鼠嫁女的最后结局是什么？你从这则故事中悟到了什么道理？

读书心得

争儿记

名师导读

都说清官难断家务事，可今天有位官员凭借自己的聪明才智就公道地断了一桩争儿的案子。让我们一起去看看吧。

埋伏笔

作者开篇交代了兄弟俩没有分家，且妯娌俩同时怀孕，为后文哥嫂为争夺家产，霸占了弟弟的儿子，又在公堂上争抢孩子埋下了伏笔。

西汉时期，在今河南省登封市一带，有两兄弟虽已各自成家，但依然住在一起没有分家。那年，两妯娌同时怀孕，兄弟俩都乐坏了，高兴地悉心照料自己的妻子。

有一天，嫂嫂因为不小心导致流产失去了胎儿。这在古代可算是一件了不得的大事。毕竟在古时候，在人们眼里传宗接代十分重要，如果弟弟有儿子，而哥哥没有儿子，那么将来继承家产，弟弟一家就会占尽便宜。于是，哥哥嫂嫂一合计，决定继续假装怀孕，到了兄弟媳妇分娩的那天，买通了接生婆，使个“调包计”，将弟弟的孩子充作了自己的。

可是世上没有不透风的墙。日子一长，这事便慢慢露馅了。弟弟一怒之下将状纸递到官府，官司持续打了三年，任谁也无法断案。

当时的郡守名叫黄霸。他听说了这件事，便找来两妯娌，抱来小孩，当堂断案："你们这官司打了三年，实在是清官难断家务事啊。目前只剩下唯一的办法了，你们二人各拉住小孩的手，谁能将孩子拉到自己的身边，这孩子就归谁。"

语言描写

郡守黄霸想出的是苦肉计，以此来测试到底谁才是孩子真正的母亲。一方面显示了黄霸断案水平的高超，另一方面也增强了故事的趣味性。

说完，黄霸便让两妯娌在堂上拉住孩子的手，用力争夺孩子。只见嫂嫂咬紧牙关，死命攥住孩子的手往自己身边拉。那兄弟媳妇原本也想使劲儿拉孩子，可一见孩子因为被拉扯疼了哇哇大哭，兄弟媳妇便忍不住流下眼泪，赶紧松开手不敢再使劲儿拉了。

黄霸在公堂上将妯娌俩争夺儿子的一举一动都看在了眼里，于是让人抱走孩子以后，声色俱厉地喝问嫂嫂："如果你是孩子的生母，你会不怕把孩子拉伤吗？很明显，这孩子根本就不是你的，你不过是因为图谋家产，故意抢夺侄子做自己的儿子罢了。赶紧把孩子还给你弟弟家吧。"哥哥和嫂嫂听了羞愧不已，只好认罪。

反问修辞

这个反问修辞的使用，表现出郡守黄霸断案清明，也反映出哥哥嫂嫂的恶毒无知，故事收到了较好的表达效果。

阅读与理解

名师点评

可怜天下父母心。亲生母亲会发自内心地疼爱自己的孩子，宁愿自己吃苦，也不愿让孩子受一丁点儿的苦。

日积月累

传宗接代　咬紧牙关　一举一动　声色俱厉　羞愧不已　一怒之下　清官难断家务事

⋆“如果你是孩子的生母，你会不怕把孩子拉伤吗？很明显，这孩子根本就不是你的，你不过是因为图谋家产，故意抢夺侄子做自己的儿子罢了。赶紧把孩子还给你弟弟家吧。”

思考练习

1.妯娌之间原本和睦，为什么后来反目成仇？

2.郡守黄霸是怎样裁断这桩争儿案的？

聪明的织布师

名师导读

你是否见过世界上最纤细的丝？这种丝只有世界上最聪明的人才能看出来，比如这个国王。你也来看看吧？

很久很久以前，有一个享用着人世间最珍贵稀有的吃穿用度却极度奢侈的国王。他总是不满足于自己的衣裳，总感觉不够穿、不够漂亮，于是下令让国内所有技艺高超的织工都来为他织造最美丽的布匹。

叙述

交代了国王想要最美丽的布匹的缘由。

织工们昼夜劳作，不知疲倦地赶织布匹。有一位年龄较长、技术娴熟的织布师，因为高超的织布技能而得到人们的一致称赞。他织的布匹十分纤细，好似空中飘扬的灰尘那样又轻又薄。

有一天，国王想来看看织工们织得怎么样了，于是亲自来到织布坊察看。可是看完所有织工织的布匹，他都很不满意，就连那位得到所有人称赞的老织布师傅织出来的布匹也被他嫌弃了。国王把所有织工都狠狠地责骂了一顿，还要求他们必须在规定的时间里，

层递修辞

老织布师傅技艺精湛，却受到国王的责骂。作者运用了层递的修辞手法，揭示了国王蛮不讲理、挥霍无度的丑恶本质。

织出细得看不见的布来，要不然，就会对织工们狠狠责罚。

虽然织工们心里怨恨又恼怒，但一个个都敢怒不敢言，只能埋头苦干。

到了国王要求交出细得看不见的布匹的时间了，国王看到老织布师织出的布匹，又是一顿痛骂。老织布师气得胡子直抖，他伸出干枯的手，指向一旁的空织布机说道：“尊敬的国王陛下，请您看看，您需要的人间最美丽的布匹，不是在这里吗？”

巧用疑问

国王接连发出的两句疑问，让读者对他的愚蠢和贪婪有了深刻的印象。这是作者写作的高明之处。

国王不可置信地眨巴眨巴眼睛，又用手使劲儿擦了擦自己的眼睛，疑惑地问道：“这就是人间最美的布？我怎么看不清楚呢？”

老织布师解释道：“这是用世上最纤细的丝织成的布，就连我这样整日织布的高明匠人都看不太出来，您平日不织布，当然更看不出来了。”

这位国王狂妄至极，自然不会承认自己没有老织布师高明，于是他装模作样地对着空织布机端详了一番，然后说道：“果然！我终于看到了！这布真的是太细，太美了！”

跟随国王一起来的官员们，听到国王这样说，顿时一个个目瞪口呆，可为了不显得自己很愚蠢，于是都跟小鸡啄米似的点头赞同。

国王开心极了，命人赏赐了一大笔钱给老织布师。

其他织工们见老织布师不但没有受到责罚，还得了嘉奖，一个个都赶紧有样学样，将自己织布机上的布匹拆卸了下来。等到下一次国王又来巡视的时候，每位织工都假装正在专心织布，而且指着自己面前的空织机向国王展示："尊敬的国王陛下！请您来过目一下，我织的这匹布够不够细，够不够华丽？"

语言描写

真是绝对的讽刺。作者通过对织工的语言描写，一方面刻画出织工的聪明机智，另一方面讽刺了国王的愚蠢无知。

国王挨个看过去，认为他们和老织布师织出来的布匹简直一模一样，心里高兴极了，奖赏了所有织工一大笔赏金。可实际上呢，织工们的织机上什么也没有。

阅读与理解

名师点评

国王因为自己的无知，说了一句荒唐话，便导致所有人陪着他做荒唐的事。他不相信真话，却愿意听假话，他想让自己显得不愚蠢，其实自己才是最愚蠢的人。

日积月累

技艺高超　昼夜劳作　不知疲倦　敢怒不敢言

★等到下一次国王又来巡视的时候，每位织工都假装正在专心织布，而且指着自己面前的空织布机向国王展示："尊敬的国王陛下！请您来过目一下，我织的这匹布够不够细，够不够华丽？"

思考练习

1.国王具有怎样的性格特点？

2.从这个荒诞的故事中你悟出了什么道理？

读书心得

千日酒

名师导读

这世上有一种酒，喝上一杯便会睡上整整三年，也就是一千日。不信？那你就来看看刘玄石的遭遇吧。

开篇点题

故事开头，作者直接点题“千日酒”，一下子抓住了读者的心，使读者不由自主地想阅读下去。

很久很久以前，在当今的河北省定县，有一位十分有名的酿酒师，名叫狄希。他有一个绝技便是能酿造一种味道十分醇厚，但酒性也十分厉害，让人喝了会足足醉上一千日的“千日酒”。

当时，有一个叫刘玄石的人和狄希是同乡。他嗜酒如命，只要一听说狄希那里做出了好酒，他便会想方设法地去讨上一杯。

狄希说：“我可不敢将我这没有完全熟透的酒给你喝。”

刘玄石总是缠着狄希，笑着对他说：“你别那么小气，不熟也没有关系啊，就给我喝一杯尝尝呗。”

狄希被刘玄石缠得没有办法，推辞不了，只好从酒缸里随手舀出一杯酒来，给他尝了尝。谁料这刘玄石尝到这酒的味道实在是太好了，便想要继续讨一杯来喝：“哎呀呀，这酒的味道真是妙极了！不如再给我一杯尝尝可好？”

狄希赶紧说道：“这可不是一般的酒，只这一杯就能让你足足睡上一千天了。今天就到此为止，赶紧回去睡觉吧。”刘玄石告别狄希时，脸色已经大变，就连走路也是歪歪扭扭的了。回到家，他就直接一头栽到床上去了。

动作描写

作者对刘玄石的脸色变化、走路姿态、上床动作的传神刻画，体现了“千日酒”的厉害。可见此酒绝非徒有虚名。

其实，刘玄石是因为喝了狄希的“千日酒”而醉倒了。但是他的家人并不知情，还以为他死去了，所以悲伤痛哭之后，便将他下葬了。

三年之后，狄希突然想起了当年给刘玄石喝“千日醉”的事情，暗想：“三年了，这刘玄石的酒也该醒了吧，我得去看看他。”

心理描写

心理描写表现出狄希关心刘玄石的心意，也说明了此酒的厉害。

狄希一边想着，一边赶往刘玄石的家。刚一进门，狄希便问道：“请问玄石兄可在家？”

刘家众人听了都很纳闷，纷纷责怪他太糊涂：“你难道不知道玄石已经死去了吗？如今我们都已为他守孝三年期满了，你居然还不知道？”

狄希听了，觉得很是奇怪，继续问道：“怎么可能？就算我这酒醇厚香美，但他睡上一千日，也应该醒过来了呀！你们赶紧去凿开坟墓，打开棺材！”

刘家人听了，急急忙忙地来到墓地，动手掘坟挖出棺材来。刚一打开棺材盖子，就见刘玄石睁开双眼，发出一阵赞叹："啧啧啧！痛快！真痛快！这么小小一杯居然真的把我喝醉了。"

刘玄石转头看见狄希在一旁，忙拉住他问道："狄兄，刚才你让我喝的是什么呀？怎么我只喝了一小杯就喝醉了？居然一觉睡到现在，你看，都日上三竿了！"

坟墓周围的人们听了，都不由得哈哈大笑起来。谁料刘玄石的酒气也很厉害，在场的人们闻到酒气之后，回到家里都各自睡了三个月。

夸张的写作手法

刘玄石能够醉酒三年醒来，回到人间，已经让人惊奇不已了，而故事的结尾更是出乎意料，令人啧啧称奇，进一步突出了千日酒的酒力。

阅读与理解

名师点评

这个故事可以从多个方面理解，其中的一个角度就是：无知者无畏。幸好狄希及时让刘玄石的家人将他从坟墓里挖了出来，不然刘玄石就因为贪杯丢掉了自己的性命。因而，对于不了解的事情，不要莽撞尝试。

日积月累

嗜酒如命　想方设法　歪歪扭扭　日上三竿

*刘玄石告别狄希时，脸色已经大变，就连走路也是歪歪扭扭的了。回到家，他就直接一头栽到床上去了。

思考练习

1.“千日酒”具有什么特点？

2.中国白酒享誉世界，请列举三种以上白酒的名称。

3.这个故事告诉我们什么道理？

读书心得

清水珠

名师导读

一颗小小的珠子，却有着神奇的作用，它居然是西域的镇国之宝。想知道它到底有何神奇之处吗？那就来看看下面这个故事吧。

唐朝时，冯翊郡（今陕西大荔一带）的汉南有一个名唤严生的人。

有一次，严生准备去岘山（在今湖北襄阳）游玩。他来到山里，捡到了一颗黑色的、圆圆的东西。这东西像颗大大的弹丸，通体透明还闪闪发光。严生拿着它去问朋友们是否认识，有人告诉他这可能是一颗珍珠。

外形描写

这样一颗黑色的、圆圆的、类似弹丸的东西，无人认识。故事开篇作者精心构思，一下子就抓住了读者的心。

因为严生十分喜爱它，便给它取名“弹珠”，将它放在一个小箱子里面。不管走到哪里，都随身携带。

有一天，严生来到长安的春明门游玩，有一个胡人看到他，拦住了他的马头，笑容可掬地说道：“我知道您有一件很珍贵的宝贝，请让我欣赏一下吧。”

严生心里纳闷道：“我与他素不相识，他可真有眼力，居然知道我有一件宝贝藏在衣袋里。”于是严生下马从衣袋里拿出弹珠交给胡人。

胡人看到弹珠，高兴极了，他对严生说道：“这可是世上难得一见的珍宝啊！反正放在你那里没有什么用，不如你转让给我，我愿意出三十万钱的高价向你购买！”

语言描写

非常传神地刻画出了胡人的迫不及待，也促使读者对弹珠的身份产生遐想。故事情节进一步发展。

严生听了，很是诧异，于是问道：“你为什么愿意花高价来买这么小小的一颗珠子呢？你拿着它又有什么用处呢？”

胡人回答严生说：“我原本来自西域，这颗珠子被我们称为‘清水珠’，是我们的镇国之宝。它最神奇的用处是，只要将它放到浑浊的泥水里，很快就可以将水变得清亮了。自从三年前国宝丢失，我们国内的井水就浑浊不堪，百姓们吃了浑水都生病了。我历经艰辛，不远万里来到中原，就是想要寻访这个宝贝的，没想到今天有缘能在您这里发现它。”

揭示谜底

故事至此，弹珠身份和作用得到证实

胡人一边说，一边找来一个瓦罐装满浑浊的泥水，将清水珠放进去证明给严生看。果然，才一会儿的工夫，瓦罐里浑浊的泥水就变得清澈见底了。

严生见了，想着既能物归原主，自己也能得到实惠，便以三十万的价格将清水珠卖给了胡人，然后高兴地回家了。

阅读与理解

名师点评

宝贝在识货人的手里，才会发挥它的作用，成为真正的宝贝。若是落到不识货的人手中，便是明珠暗投，无法体现它的价值了。

日积月累

闪闪发光　笑容可掬　素不相识　难得一见　镇国之宝　混浊不堪　清澈见底　物归原主

*他来到山里，捡到了一颗黑色的、圆圆的东西。这东西像颗大大的弹丸，通体透明还闪闪发光。严生拿着它去问朋友们是否认识，有人告诉他这可能是一颗珍珠。

思考练习

1.弹珠是在哪里被发现的？

2.弹珠具有什么特别的功能？

3.这个故事告诉我们什么道理？

商汤祈雨

名师导读

据说每到夏天，乌鸦都会张开嘴巴喘气却喝不到水。这是为什么呢？原来，这是在很久很久以前乌鸦因为帮倒忙而受到的惩罚。让我们一起来看看这个故事吧。

相传，商汤治世时，下雨这件事情由他掌管。雨什么时间下，在什么地方下，《雨簿》上都记录得明明白白。

当时，商汤管起这件事并不轻松。他每天起早贪黑，忙得不可开交。一不留神，他把那本《雨簿》弄丢了。从那时起，人间就不能按《雨簿》下雨了。

做铺垫

介绍了商汤的工作，说明他十分忙碌，为下文他弄丢《雨簿》做了铺垫。

有些人担心这个问题，就问商汤是怎么应对的。“那没关系，”他淡淡地回答，“山川湖泽都涵养着水源，十二年无雨，仍可丰收。”

果不其然，此后的十二年，尽管没有下雨，但也没有发生干旱，年年丰收，百姓生活如常。

然而，十二年后，人间还是没有下雨。普天之下，皆是干旱的土地。河流干涸，庄稼旱死，百姓忧伤不堪。

商汤想起了十二年前丢失的《雨簿》，便请求上天："请下雨救救人们吧，只要可以救老百姓，我甘愿焚身谢罪。"话刚说完，天边立刻阴云密布，电闪雷鸣，不过片刻，人间便下起了雨。

语言描写

商汤求雨以弥补自己犯下的过错，说明他已经认识到了自己的错误，并真心悔过。

这时，商汤准备兑现承诺，惩罚自己丢了《雨簿》。

商汤仰头对上天说："我射一支箭，箭落到什么地方，我就在什么地方兑现承诺。"

商汤说完之后，便站在国都朝歌，拿出一把箭头耀如白银、箭杆粗似椽梁的箭矢，用尽全身力量，拉起满月之弓。"嗖"的一声，箭朝着天上飞了出去，带起一阵劲风。一刹那，箭飞过了天空，就如同流星一样迅疾。箭矢飞越朝歌上空，穿过王屋山，慢慢落下，后来当箭接近山西阳城的小析山时，箭头就刺向了小析山上的坪台。

比喻修辞

把箭头比作白银，把箭杆比作椽梁，把飞着的箭比作流星，突出了箭头利，箭杆粗，箭飞行速度快的特点。

箭射出之后，商汤一直跟着箭。箭到哪儿，他就飞奔到哪儿。他翻山越岭，好不容易才来到了阳城地界，发现小析山上有个绿树林立的坪台，坪台中央正是自己的那支箭。

商汤在坪台上砍了许多树，架好之后，把火点着了。随后，他便躺在树枝上准备自焚而死。

坪上的火越烧越猛。就在这时，天空中突然有无数的鸟儿鸣叫着飞了过来，它们谁也不忍心商汤被火烧死，便一齐飞向山涧，用嘴来取水救火。

有几只乌鸦傻乎乎的，没含来水，竟含来油浇在火上。火苗和油一接触，烧得更加猛烈了。看到这一幕，商汤对乌鸦说："你们做得不好，罚你们每年五六月份的时候不能喝水。"

语言描写

商汤看到乌鸦帮了倒忙，就诅咒它们五六月间喝不到水，表达了他心中的愤怒。

如今，每到夏天，乌鸦都会张开嘴巴喘气，而水却不能进嘴，就算喝一点儿，水也会从下巴的小洞中漏出来。有人说，这都是那次乌鸦帮倒忙的结果。

阅读与理解

名师点评

这则故事可以反映出多个层面的意义，其中的一个是：乐于助人是非常优良的品质，值得鼓励，但要弄清楚具体情况，做出正确的应对，以免帮倒忙，也给自己带来麻烦。

日积月累

丰收　干旱　干涸　忧伤　兑现　承诺　猛烈

★他每天起早贪黑，忙得不可开交。

★普天之下，皆是干旱的土地。河流干涸，庄稼旱死，百姓忧伤不堪。

★商汤说完之后，便站在国都朝歌，拿出一把箭头耀如白银、箭杆粗似椽梁的箭矢，用尽全身力量，拉起满月之弓。“嗖”的一声，箭朝着天上飞了出去，带起一阵劲风。一刹那，箭飞过了天空，就如同流星一样迅疾。

思考练习

1.商汤是一个怎样的人？

2.商汤为何诅咒乌鸦？

3.乌鸦最终有没有喝到水？

读书心得

跨虎登仙

名师导读

从前，有一个小乞丐，他差点儿葬身虎口，但因为他知恩图报和信守承诺，最后不但化险为夷，还骑着老虎升仙登天了。

越山，坐落在奉新县西北部。高高的山峰耸入云天，“跨虎登仙”四个斗大的字镌刻在山腰的峭壁之上。每当人们登山前，仰望这几个刚劲有力、气势雄伟的大字时，都会心驰神往，仿佛自己也随着这高耸入云的大字置身于天空之中。

叙述

写出了“跨虎登仙”四个字给人带来的鼓舞和美的享受。

传说，越山中住着一位老者。有一次，他遇到一个饿得只剩下一口气的小乞丐。善良的老人就把他带回家里抚养，随后又收他为徒弟。小乞丐从小就感激师父的救命之恩，时时刻刻想着报答。

一天，家里的粮食快要吃完了，老人准备下山用木柴去换些粮食。小乞丐看见了，赶紧抢过钵盂说：“师父，您这几天身体不舒服，快去歇一歇，还是我去吧。”老人见他情真意切，也就答应了。

语言描写

小乞丐主动替老人下山换粮食，表现了他对老人的体贴和关心。

小乞丐高兴地背着木柴沿着山路往下走。他边走边想：今天是个好天气，我一定要多串几个村子，这样遇到大户人家的机会多一些，就能多化点儿斋食给师父养身体了。

想到这里，他不禁加快了步伐。他穿过一片茂密的树林，来到一块峭石旁，往前一看，猛然发现一只黄斑大老虎正横在路上睡觉。老虎发觉有人出现，两眼一瞪，张开血盆大口就扑了上来。

神态描写

看到大老虎凶狠地扑过来，小乞丐神色大变，动弹不得，表现了他心中的恐惧。

小乞丐顿时吓得面容失色，两腿发软，居然定在原地挪动不得。待他回神一看，却见老虎也停于身前，呆愣愣地一动不动。于是，他挺腰壮胆，恭敬地对老虎说：“虎大哥，久闻您乃百兽之王，是非分明，此行皆因师父久病于山中，而今家中断粮，无法度日。万望虎大哥相信我，放我下山去换回粮食，待归来之时，定供虎大哥饱餐一顿，如何？”

说来也很神奇，老虎听了顿时收起了凶狠的样子，侧身趴下让开道路，小乞丐从老虎身旁走了过去。

叙述

百姓们给小乞丐奉上精米细面，反映出他们的善良、朴实。

那小乞丐急匆匆地从山上下来化缘，从善良的百姓那里换取了精米细面，只用一天的时间，就装了满满一袋粮食。想到师父在山上还饿着肚子，他顾不上劳累，疾步往回赶。

可是，老虎还在峭壁旁等着他，所以当他见到老虎时，不得不壮胆向前一步说：“虎大哥，很抱歉让您

久等了。这次我本应信守承诺让您吃掉，可是如果这样，我就不能背粮上山了，师父就会饿死。还请虎大哥再次放过我，等我给师父送完粮，一定回来。”

听完小乞丐此番言语，只见那黄斑大虎再次侧身让路，放小乞丐过去。

小乞丐送粮上山后与师父一起生火做饭，共食晚饭。师父心疼徒弟辛苦一天，决定过几天自己下山换粮。

小乞丐心里惦记峭壁前的老虎，而那是下山的必经之路，所以他坚决不让师父去。

第二天天刚蒙蒙亮，他就悄悄起床，不告而别。

他来到峭壁旁，大声喊道：“虎大哥，我给您送早餐来了，这回您吃了我吧！”

语言描写

小乞找到老虎履行自己的诺言，真是言而有信。

话刚说完，只见那睡在路上的老虎醒了。

它叫了两声，怡然自得地踱步到小乞丐的身边，抬头望望天空，接着四脚趴地，摆了摆尾巴，拱起身体。

小乞丐看着老虎，完全没有弄明白状况，吓得连连往后退。那老虎见状向前爬行几步，接着又摆尾拱身。

小乞丐一时摸不着头脑，正想转身离去，只见老虎用它那又长又硬的尾巴把小乞丐拦腰高高地卷起，又轻轻一放，小乞丐就不偏不倚地坐在了它的背上。等小乞丐坐稳当了，那黄斑大虎伸展身体，四脚一蹬，伴着几声长啸腾空而起。

动作描写

老虎主动向小乞丐示好，并把他驮在自己的背上，此处描写给故事增加了传奇色彩。

老人清晨起床后，找小乞丐生火做饭，准备早早下山。可是，他找遍了房前房后也找不到小乞丐的人影。

这时，忽然传来阵阵虎啸，他连忙打开门，只见霞光中小乞丐乘坐着黄斑大虎直冲云霄。

细节描写

作者详细描写了小乞丐登仙时的情景，这一细节描写使故事更加生动传神。

老人久久不能回神……当天晚上，他梦见了徒弟。在梦中，徒弟告诉了师父他所经历的一切。

老人深受感动，把这件事告诉了山下的老百姓。后来，当地百姓把“跨虎登仙”四个大字镌刻在了石壁之上，以表纪念。

阅读与理解

名师点评

得到他人的恩惠之后，知恩图报是值得称赞的。信守承诺不是一件容易的事情，尤其是需要个人付出代价的时候，但如果能做到知恩图报、信守承诺，也是会有回报的。故事中的小乞丐就做到了这两点。

日积月累

镌刻　抚养　茂密　面容失色　恭敬　善良　惦记　不偏不倚

⋆每当人们登山前，仰望这几个刚劲有力、气势雄伟的大字时，都会心驰神往，仿佛自己也随着这高耸入云的大字置身于天空之中。

*这时，忽然传来阵阵虎啸，他连忙打开门，只见霞光中小乞丐乘坐着黄斑大虎直冲云霄。

思考练习

1.小乞丐是一个什么样的人？

2.老虎为什么两次都没有吃掉小乞丐？

3.读了这个故事，你明白了什么道理？

读书心得

药王医龙

名师导读

老龙找到了药王孙思邈治病，果然被他轻而易举地就治好了。那么，药王是怎样治龙的呢？让我们一起来领略一下他神奇的医术吧。

唐代的孙思邈被尊称为“药王”。他不但医术高超，而且心地善良，救了不少人，所以深受老百姓爱戴。

传说，孙思邈五十岁那年，在秋天的一个深夜，正值三更时分，孙思邈正在屋子里看医书。忽然听到远处传来了“轰隆隆”的雷声。一会儿工夫，这雷声便越来越靠近孙思邈居住的茅屋，将窗棂都震得发抖。瞬息之间，倾盆暴雨落了下来，打在茅草屋顶上，发出巨大的声响。孙思邈正一心扑在医书上仔细研读，并没有被这些声响分散精力。

这时，门外响起一阵急促的敲门声，让他再也无法专注地看书了。于是，他连忙跑去打开门，只见一个高高瘦瘦的、身穿金色袍子的老人站在门外。老人双眼很大，却毫无神采，脸色也十分苍白，整个人看起来有气无力。孙思邈知道这老人一定是生病了，急忙将老人让进屋来，老人微微一笑走进了屋子。

这时，孙思邈惊奇地发现，虽然外面下着大雨，可这老人身上竟然一滴水也没有。当老人进屋以后，屋外的雷声和雨声都戛然而止。孙思

语言描写

“药王”孙思邈名满天下，其话语的内容和其医生身份极为相符。这种语言描写的技巧值得学习。

邈请老人坐下，为他诊脉。许久之后，孙思邈略一皱眉，摇头说道：“老先生，您的脉象根本不在人的浮、沉、迟、数、虚、实之中，恐怕您并非凡人吧？”

老人听了笑道：“那先生可知我是谁？”

孙思邈说道：“您这脉象起伏不定，且蕴含腾云驾雾、翻江倒海之象，莫非是龙？”

语言描写

通过老龙对自己病症的描述，读者可知孙思邈当时的声望的确如日中天。老龙的话从侧面反映出孙思邈医术的高超。

老人听了，捋着胡子哈哈大笑，竖起大拇指对孙思邈赞道：“先生果然名不虚传，看来这次我是找对人了。先生所言不虚，我确实是一条老龙。从半年前开始，我虽然很饿，却无法进食，只能靠着稀汤度日。眼看身体因为这怪病越来越衰弱，所以特地前来请先生救救我。”

孙思邈想了想，说道：“其实你这病也好治，只是你今天变成人的模样前来，让我没法给你诊治。不如你后天上午现出真身前来，我一定将你治好！”

老龙一听大喜，忙拜谢了孙思邈，驾着云雾飞走了。

第二天，孙思邈不知从何处找来一个大桶，将自己提前配制好的漆黑汤药和一种白色粉末一起倒进去，还准备了两根一尺五寸长的金针。

第三天，天刚蒙蒙亮，孙思邈正在家里等着老龙上门，突然被一声巨响吓坏了。孙思邈跑出屋子一看，原来是老龙怕别人看到自己的真身，于是将自己的身子藏在山里面，将自己的头从旁边的山脚钻过，从孙思邈家的院墙里伸出来。孙思邈忍俊不禁，笑着说道：“可真有你的！龙君，你且等等，我这就去为你拿药。”

不一会儿，孙思邈就将提前备好的汤药提了过来，让老龙赶紧喝下去。老龙一看这黑乎乎的药汁，心里不禁发怵。刚硬着头皮喝了一口，便立马皱起眉头说道：“先生，你这是配的什么药？如此难以下咽？”孙思邈说道：“这是专门给你对症治病的白瓣曲子汤。都说良药苦口利于病，你就别纠结了，赶紧喝了吧！”老龙摇着头说道：“太难喝了，我不想喝！”孙思邈又好气又好笑，说道：“你都一把年纪了，怎么像个三岁小孩子？既然今天你来了，喝也得喝，不喝也得喝！”孙思邈一边说着，一边拿起汤药就准备往老龙的嘴里灌进去。老龙张开嘴巴轻轻一吹，一阵风吹起来，差点儿掀翻药桶。

神态描写

“硬着头皮”“皱起眉头”反映了老龙对那黑乎乎的药汁确实很发怵。

孙思邈一见，这老龙可不比普通的病人，还是得用非常手段。于是，他将事先藏在怀里的金针悄悄地掏出来，绕到老龙的后背，猛地一下跳到龙头上，将金针对准龙角旁边的一个穴位狠狠地扎了下去。老龙疼得顿时哇哇大叫，将脑袋甩得像拨浪鼓一样，想要将孙思邈给甩下来。可突然他全身乏力，一动也不能动了，即使想吹风，这嘴巴也使不上半点儿劲。此时，孙思邈将手放开，老龙也感觉不到痛了，但浑身依然无力，只好垂下头认输：“好先生，即使我是一条患病

动作描写

作者通过使用一连串动词，写出了孙思邈医术的精湛。

的龙，也是很有威力的，但是真没料到你一针就把我扎得软绵绵的没有力气了。”

孙思邈忍住笑，掏出怀里另外一根金针，吓唬老龙说：“你赶紧把药喝下去，不然我还要再扎你一次啊！”说完，孙思邈就骑上龙脖子，抓住它的两只龙角，将它的龙头按进药桶里去。老龙害怕孙思邈又给自己扎针，赶紧张开大嘴一口气喝下了药汁。一边喝，它一边觉得有什么东西在自己的胃里面翻腾，十分难受，但是又不敢停下来，生怕再次被孙思邈扎针，只好硬着头皮将药全部喝了下去。这时，老龙实在是忍不住了，只听“哇”的一声，将胃里的东西全都吐了出来，一下子觉得轻松多了。老龙睁眼仔细一看，在自己吐出来的东西里面，竟然有一条大蛇，吓得他忙问道：“这，这，这，先生，这是怎么一回事啊？”

心理描写

作者对老龙王喝药之后心理变化的描述，突出了孙思邈医术的高深莫测。

孙思邈收起金针，跳下龙身，笑着指着大蛇对老龙说道：“其实你本来就没有病，只是因为这条蛇堵住了你的食道，所以你才什么都吃不下去。”老龙听了顿时恍然大悟：“原来如此，这是我半年以前吞下去的大蛇，没想到它居然还没有死。这次多亏了您妙手仁心，否则我还不知道要被折磨多久呢。请问刚刚您给我喝下的可是什么灵丹妙药啊？”孙思邈顿时大笑起来，说道：“这哪是什么灵丹妙药？不过是将陈醋和蒜泥混合起来，因为它们又酸又辣，你喝下去自然让食道里的大蛇受不

语言描写

作者通过对孙思邈语言的描述，刻画出一个可爱、神奇、医术高超的老中医形象。

了，赶紧往外逃了。”老龙也哈哈大笑说道：“怪不得这么难喝，不过，先生可真是妙手回春，华佗再世啊！”

孙思邈给老龙又准备了一些补药，让老龙在山洞里休养了几天。老龙恢复体力之后，向孙思邈致谢之后就离开了。虽然老龙飞走了，但那个大洞留在了山底，人们给这个洞取了名字叫作“穿龙洞”。而孙思邈为老龙治病的故事也从此流传了下来，大家都尊敬地称他为神医。待孙思邈去世之后，人们奉他为“药王”，还在“穿龙洞”的前方为他建了一座药王庙，供奉他的塑像，以此来世世代代纪念他。

阅读与理解

名师点评

真正有能力的人，面对问题总能找到症结，使用不寻常的手段，轻而易举地加以解决。

日积月累

瞬息　倾盆暴雨　忍俊不禁　恍然大悟　妙手回春　华佗再世　世世代代

忽然听到远处传来了“轰隆隆”的雷声。一会儿工夫，这雷声便越来越靠近孙思邈居住的茅屋，将窗棂都震得发抖。瞬息之间，倾盆暴雨落了下来，打在茅草屋顶上，发出巨大的声响。

思考练习

1.孙思邈的职业是什么？

2.老龙王为什么要找孙思邈治病？

3.你知道孙思邈留下的著名医书都是什么吗？

读书心得

鲁班借龙宫

名师导读

我们都知道鲁班是一位能工巧匠，可居然还有他不会做的东西，需要向龙王借龙宫来学习呢，快来看一看吧。

鲁班是天下闻名的木工师傅，还是一个热心善良的人。有一天，他看到有很多老百姓流离失所，饥寒交迫，就琢磨着怎么才能盖一座漂漂亮亮的大房子，让老百姓都能住进去。他想啊想啊，想了很长时间都没有答案。

叙述

故事开头，作者交代了鲁班心地善良，并想为流离失所的百姓造房子，为故事情节的发展做了铺垫。

鲁班有一个机灵的徒弟，他知道鲁班在为盖漂亮大房子的事情发愁，便给鲁班出主意："师父，我听说世上最漂亮的大房子要数东海龙王的龙宫了，不如去找他把龙宫借来打个样儿吧？"

鲁班一听，立即说道："好！我们现在就去借。"于是，鲁班师傅来到东海边，扯着嗓子朝海里大喊道："龙王！龙王！"听见鲁班的呼唤，龙王驾着海浪出现了，问道："鲁班师傅，请问你找我有什么事吗？"

鲁班说道："龙王啊，龙王，我听闻你有世界上最漂亮的房子，我正发愁不知道怎么盖一座又大又漂亮的房子呢，所以想借你的龙宫打个样儿可好？"

龙王见鲁班夸赞自己的龙宫是世界上最漂亮的房子，心里既自豪又得意，于是答应道："借给你可以，但是只能借三天，三天以后，你必须得按时还给我。"

鲁班听了，连忙点头答应。

只见龙王大手一挥，一座龙宫便从水里冒出，漂往岸边。

鲁班一看，这龙宫果真名不虚传，美丽极了。只见外墙是用水晶做成的，屋梁是用琉璃和玛瑙做成的，各式各样美丽的花纹雕刻在门窗上，就连屋檐都被修成水波的纹路，既美观又结实。鲁班叫上徒弟们一起来研究，准备按照龙宫的样子建一座大房子。

埋伏笔

水晶、玛瑙，都不是普通人家所能享受得到的。作者通过这段描写，为后面鲁班造出了漂亮的房子埋下伏笔。

鲁班和徒弟们一起找来木料和砖石，把房梁架起，墙壁垒起，将房屋的大致结构建造好。但是，龙宫实在是太大了，三天的时间，根本不够鲁班和徒弟们将那千奇百态的花纹和形状各异的雕刻给比照着建完的。

三天时间一转眼就过去了，鲁班坐在屋子里独自发愁。因为第二天就是和龙王约定交还龙宫的日子，可是自己还没有建完，可怎么办呢？

思来想去，鲁班吩咐徒弟们将龙宫的四角钉上木桩，然后将四串铜铃分别挂在四个屋檐下面。

到了晚上，一阵狂风大作，虾兵蟹将们果然来搬龙宫了。事先挂在屋檐下的铜铃被狂风吹得叮叮当当直响，鲁班和徒弟们赶紧找地方躲起来，免得和他们打照面。虾兵蟹将们使出吃奶的力气想要抬起龙宫，可龙宫早被鲁班和徒弟们钉死在了地上，纹丝不动。尽管虾兵蟹将们折腾得筋疲力尽，直到凌晨也没能搬动龙宫。不知不觉天亮了，太阳发出金色的光芒，没有注意时辰的虾兵蟹将吓得慌了神，他们急忙四处逃窜。屋顶爬上了小龙，门缝里钻进了鲤鱼，其他虾兵蟹将也吓得四处乱跑。随着大公鸡的一声啼叫，太阳终于升起来了。在阳光下,屋顶上的小龙仿佛被定住了，一动也不动。鲤鱼也被定在了大门上。鲁班和徒弟们出来一看，只见小龙正好将头伏在屋脊的一端上，身子横亘在瓦背上，尾巴翘了起来；而鲤鱼也在大门上形成了一个圆环。鲁班受到启发，灵感突现，拿起泥巴捏出龙头、龙尾的样子，再烧制成房瓦镶嵌在屋檐上。然后又用铜做原料，打成鲤鱼模样的门环，钉在了门上，刚好一扇门一个，做成了一对鲤鱼门环。

就这样，后世的人们都按鲁班师傅造出来的样子来建造自己的房子，而屋顶的龙头、龙尾和门环的鲤鱼造型也从此流传了下来。

细节描写

作者借助了鲁班和徒弟们的眼睛给读者呈现了一幅似曾相识的场景，揭示了灵感来源于生活实践的一般规律。

总结

文章结尾概括叙述了屋顶龙头、龙尾和鲤鱼门环造型的来源，增加了故事的逻辑性。

阅读与理解

名师点评

灵感往往是突然出现的。

经过上千年传承发展和时代更迭流传下来的各种文化精华，值得我们好好学习。

日积月累

善良　流离失所　饥寒交迫　漂漂亮亮　千奇百态　筋疲力尽　纹丝不动

*鲁班是天下闻名的木工师傅，还是一个热心善良的人。有一天，他看到有很多老百姓流离失所，饥寒交迫，就琢磨着怎么才能盖一座漂漂亮亮的大房子，让老百姓都能住进去。他想啊想啊，想了很长时间都没有答案。

思考练习

1.中国木匠的祖师爷是谁？

2.鲁班看到老百姓流离失所，饥寒交迫，他的想法是什么？

芍药仙子

名师导读

芍药是一种美丽的花，你知道它的名字是怎么来的吗？你知道它为什么会在亳州生长吗？这里有你想要的答案。

众所周知，亳州人对芍药花的喜爱是无与伦比的。究其原因不仅是因为芍药的花朵好看，而且根能入药，更为重要的是，它还有一个动人的传说。

引起下文

交代了亳州人喜爱芍药的原因，引出下文。

传说在唐朝，皇帝武则天特别喜爱花草，民间百姓也是如此。在亳州城东住着一位姓白的年轻英俊、勤劳善良的花匠，大家都叫他“白花匠”。白花匠已经二十多岁了，却还没有媳妇，父母非常着急。但是，他却不以为然，依旧是每天除了去地里干活，就是侍弄花草，春施肥，夏浇水，秋剪枝，冬培土。在他精心的培育下，各种美丽的花儿环绕在他房子的四周，春兰、夏荷、秋菊、冬梅……一年四季，繁花似锦，蝶飞蜂舞，美不胜收。

众多花草之中，白花匠最喜爱的是从涡河湾里寻来的一种不知名的野花。这花在春天的二三月间会长出耀眼的紫红芽儿，长势喜人。不多久便会长成粗壮的一蓬蓬，就像透明的红珊瑚。随后又变成一丛丛绿玛瑙，长出花苞来，迎风开放成有着金黄色花蕊、粉红花瓣的美丽花儿。

细节描写

描写了芍药花生长、开放的过程，描写了芍药花美丽的外形。

白花匠直到花儿开放也不知道这花儿的名字，只好请全村最有学问的老私塾先生为它起个名字。老先生看到花儿以后，最初取的名字是“灼花”，但想到花儿属于草木，于是把“灼”字改为了草字头，从此“芍花”就成了这种花儿的名字。

在皇帝的御花园里，几乎长满了各种各样的花草。但是，武则天当上皇帝以后，突发奇想要将天底下所有的奇花异草都搜罗到皇宫里供自己观赏，同时还下令将全天下所有的好花匠都召集到皇宫，为自己专职养护这些花儿。

一些大臣为了得到女皇的青睐，广搜世间花草，武则天的侄儿武三思更是对此煞费苦心。这天，他骑着高头大马来到亳州，听闻了白花匠爱花、侍花的事情，就直奔白花匠家。来到白花匠家一看，啊！果然名不虚传，各色花儿竞相开放，芬芳扑鼻！尤其是他从未见过的那一株芍花，更是漂亮得无与伦比。武三思想，这要是带回皇宫，皇帝准喜欢，一定会好好地奖赏他！

叙述

借助武三思的视觉和触觉感受，表现了白花匠家花多、花美、花香的特点。

他就对花匠说：“遇到我真是你的幸运，明天你随我进京献花儿，还能在宫中谋个差事，日后就发达了。”

随行的知府也赶紧附和着说：“这样的机会千载难逢，快快感谢大人！”可白花匠却拒绝了。

竟然有人这样不识抬举，武三思气得当即拿出圣旨，指定白花匠第二天一早便要带上花儿到州衙报道，否则按违抗圣旨定罪斩首。

白花匠一听，腿都吓软了，哭了一整夜，但皇命难违呀。到了第二天，白花匠只得硬着头皮早早来到亳州衙门，带着自己心爱的芍花，跟着武三思赴京进宫，成为御花园的花匠。

御花园里满是各种各样的花儿，各地的名花都有，白花匠别提有多爱这些花儿了，一天到晚在御花园中侍弄着它们。他清早除虫，晚上浇水，大中午也不惧烈日给花儿锄草，即使在夜晚他也会在花间散步。这样的忙碌也让他暂时忘掉了想家的烦恼。

叙述

交代了御花园的花非常多，表现了白花匠对花的喜爱。

在白花匠的努力下，满园的花草树木长得特别喜人，远望如同一片云锦，花儿水灵，叶子润莹，好看极了。唯有那棵芍花长得干巴巴的，可能是移植的时候伤了根儿，在路上又伤了枝儿，在这里又水土不服，一直长得不好。

白花匠看着心里难受，就对芍花格外关照。他每天都挑水浇它，边浇还边劝芍花：“芍花呀，芍花，不要再想家了，赶紧好起来，快点儿长大！”

语言描写

描写了白花匠对芍药花的细心呵护，表达了他对芍药花的喜爱。

还真奇怪，芍花好像听明白了白花匠的话。当他浇下一瓢水，花儿很快就喝完了，小叶儿也随之润莹莹地泛绿了。

他赶紧一边念叨着一边给芍花继续施肥：“芍花呀，芍花，你不要想念家乡了，赶紧发芽长大吧！”

在白花匠的悉心照料下，芍花果真吐出了嫩芽。于是，白花匠又开始一边念叨着一边给芍花除虫了：“芍花呀，芍花，我们互相陪伴，都不要想家了，你呀，快快开花。”

叙述

功夫不负有心人。芍药花在白花匠的细心呵护下，终于发芽了。

白花匠头顶烈日，汗水不时洒落在花枝上。没多久，花骨朵便长满了花枝。

花儿就要开放了，而白花匠却因为劳累过度病倒了。晚上，他躺在床上梦见芍花开了，花儿非常漂亮，花瓣是粉红的，花蕊是金黄的。这时，突然从花蕊里走出一个手托绫帕、长得比九天仙女还好看的姑娘。她慢慢地走到白花匠的床前，白花匠惊讶地问她是谁。

“我是花王的小女儿芍花仙子。”姑娘眼含泪花说道，“你为了我操心劳碌病倒了，我要折下一枝花的根为你治病。”

说罢，芍花仙子便折下一条根，只见她那月白色的软缎花鞋上渗出了殷红的血丝。白花匠一看就知道那一定很痛！他非常感激地看着芍花仙子，想起身道谢，而芍花仙子双手递上绣花绫帕就转身走了。

白花匠连忙起身去追。他追呀，追呀，当追到芍花跟前时，那姑娘就消失了。他轻轻地扒开芍花的花根，看到花根上果然有折掉的痕迹，而且还不停地向外冒着汁液呢！

白花匠感动地哭了。他回到屋里煎药，熬药，服药，第二天病就真的好了。白花匠为了纪念芍花仙子的恩情，把芍花的名字改为芍药花。从那以后，白花匠对芍药花更是无话不说。他多么希望能和芍花仙子一辈子在一起呀，一辈子照顾芍药花。

很快冬天到了，御花园里不再生机盎然，而是百花凋零。可偏偏武则天在这时动了游兴，要来御花园赏花看景。当她带领着文武百官、宫娥彩女来到御花园，看到如此景象时，非常生气，立刻唤来白花匠问百花败落的缘由。

白花匠只得小心回道：“启禀陛下，年有四季，月有圆缺，现在是寒冬腊月，花儿都谢了。”

武则天却说：“朕是堂堂的国君，想要看花。传我口谕，园中的所有花，都要连夜开放，听旨者赏，抗旨不遵者治罪！”

语言描写

武则天不顾自然规律，强行让花开放，表现出她的霸道强硬。

隔天一早，武则天就来到御花园赏花。蜡梅花冒雪而开，迎合圣意，被封为花魁；杏花稍微慢了一步，直接被贬到民间；而牡丹花才冒出花芽儿，就被贬到洛阳；而白花匠和芍药花都不见了。

原来，白花匠带着芍药花连夜逃出了皇宫，用了九九八十一天才走回亳州，那棵芍药花又被栽在白花匠家宅前。可能是又回到了故土的缘故，芍药花长得非常快，很快就发芽，长叶，开花了。年轻美貌的芍花仙子从花儿里走出来，和白花匠结为夫妻。他们很恩爱，形影不离，一块儿种地，一块儿养花，给自己的孩子起名叫作“白芍”。

从这以后，每逢花开时节，白花匠夫妻俩就会留下芍药的长根，掐掉花朵来给老百姓治病。

当地老百姓也非常喜爱芍药花，都在自家房前屋后种上了芍药花。后来，芍药花越种越多，成为亳州的一大特产。

阅读与理解

名师点评

牡丹仙子不愿意向权贵折腰，于是被皇帝贬到洛阳，它因这一风骨而被人们称为“百花之王”，当之无愧。而芍花仙子与白花匠隐居民间，养花为药，惠及百姓，也令人称赞。

日积月累

无与伦比　侍弄　精心　培育　奇花异草　青睐　煞费苦心

千载难逢　烦恼　殷红

*众所周知，亳州人对芍药花的喜爱是无与伦比的。究其原因不仅是因为芍药的花朵好看，而且根能入药，更为重要的是，它还有一个动人的传说。

*花儿就要开放了，而白花匠却因为劳累过度病倒了。晚上，他躺在床上梦见芍花开了，花儿非常漂亮，花瓣是粉红的，花蕊是金黄的。

思考练习

1.故事中的芍药花是什么样子的？

2.故事中，谁精心培育了芍药花？

3.芍药花是哪里的一大特产？

读书心得

孟姜女的传说

名师导读

长城，是我国著名的军事防御工程，外观雄伟，结构坚固。但是传说中，它竟然被一个柔弱的女子给哭倒了。这究竟是怎么一回事呢？

在很久很久以前，八达岭上住着一户姓孟的人家和一户姓姜的人家。两家十分亲密，房子也紧挨着。

有一年，孟家在自家院子里种了一棵瓜秧，不料瓜藤顺着墙攀爬，一直翻过墙爬到姜家去，并结出了一颗大瓜。随着时间一天天过去，这颗瓜成熟了。

一个瓜跨两个院子，算谁的呢？孟、姜两家把瓜摘下来切开了，里面却和平常的瓜不一样，有一个很可爱的小姑娘。两家都没有孩子，当发现这里面是一个小姑娘时，两家就决定一起抚养她。

> **叙述**
> 介绍了孟姜女的出生经过，使孟姜女这个人物带上了神秘色彩。

孟、姜两家帮她取名叫孟姜女，还教她读书识字。一晃十年过去了，此时，秦始皇在边关修筑长城，到处抓人去做苦力。被抓走的人，基本上都没有回来，因而很多人都在躲避这件事情。范喜良是个年轻的读

> **叙述**
> 这句话写出了孟、姜两家对孟姜女的精心照顾和疼爱。

书人，他也被吓得乱跑，不认识路的他误入了孟、姜两家的后院。

孟姜女发现葡萄架下面藏着一个人，吓得大叫了一声。

丫鬟听见惊吓的声音，马上跑过来问怎么回事。等看清楚范喜良时，她大声喊道："院子里有一个不认识的人啊！"

语言描写

范喜良逃难来到孟姜女家，被发现后，他心里很慌乱。

范喜良急忙爬出来，说："别叫啊，我是来避难的，救救我吧！"孟姜女见范喜良只是一个年轻文弱的书生，决定搭救他。

孟姜女和丫鬟把这件事情告诉了孟员外。孟员外见范喜良挺老实，仔细询问了他的来历之后，便收留他在家里住了下来。

叙述

范喜良和孟姜女相互吸引，逐渐产生了感情。

每天，孟姜女都和范喜良在一起念书，在相处中，二人不知不觉地暗生情愫，相互倾慕。

一段时间之后，孟员外想为长大的女儿找一个好婆家，便和夫人商量："女儿一天天长大了，现在还待字闺中，你觉得让范喜良做我们的女婿怎么样？"

夫人说："那好啊，跟姜家说说吧！"

姜家知道了也很开心，同意让范喜良和孟姜女成亲。

孟家有个叫六儿的男仆人，他知道孟员外没有儿子，也想娶孟姜女，这样，以后孟家的财产就都是他的了。现在范喜良来了，六儿就什么都得不到了，他便偷偷跑到县衙，禀告县官在孟家有一个叫范喜良的人，是逃避服役的。于是，县官派衙役去抓范喜良。

就在范喜良和孟姜女成亲的当天，一群衙役上门抓走了范喜良。哪怕两人奋力抗争，最终也只能生离死别。

做铺垫

孟姜女和范喜良在成亲时被迫分开，为故事的发展做了铺垫。

过了一段时间，孟姜女对父母说："我要去找范喜良。"孟员外夫妇一时也没有其他办法，只得准许了。

孟姜女整理好行装，历经艰辛来到了修筑长城的地方，但就是没有见到范喜良。无奈之下，她只能向旁边正在休息的民夫打听："请问你们这里有个叫范喜良的人吗？"

民工们回答说："前阵子刚刚来的，可是最近已经没有看见他了，估计已经去世了。"

孟姜女难过地问道："他的尸首在哪里？"

一个人说："你看看这个地方，谁会管他的尸首呢？估计早就埋在这墙下面了。"

孟姜女听了，伤心地痛哭了三天三夜。这一天，长城突然垮塌下来，露出了范喜良的尸首。孟姜女一见，抱着范喜良的尸首哭得更加伤心了。

叙述

整段话叙述了孟姜女哭倒长城的经过，表达了她心中的悲痛。

听说长城被孟姜女哭垮塌了，一队官兵赶过来要将她抓去衙门。到了衙门，县官看见孟姜女长得十分美丽，便将她献给了秦始皇。

秦始皇见了孟姜女十分喜欢，想纳她做自己的妃子，可孟姜女就是不愿意。这一天，孟姜女好像突然想通了似的，对秦始皇提出三个条件。

语言描写

秦始皇为了得到孟姜女，答应了她的条件，刻画了秦始皇丑陋的嘴脸。

秦始皇说："别说三件，三十件我也答应。"

孟姜女说："第一，你要厚葬我的丈夫。"

秦始皇说："行。"

孟姜女说："第二，你要为我丈夫送葬。"

"不行！你说第三个条件。"秦始皇说。

"这条不行就没有第三条！"孟姜女说。

秦始皇有点儿不想答应了，心想：我堂堂一个皇帝，怎么能干这种事？但是，孟姜女太美丽了，秦始皇抗拒不了她的魅力，便说："行，第二条我也答应你。"

孟姜女说："第三，你陪我去海上玩三天，三天以后才能成亲。"

这件事太容易了，秦始皇马上就答应了下来。于是，秦始皇命人厚葬了范喜良。到了范喜良出殡那天，秦始皇果真紧跟在范喜良的灵车之后，为他送葬。

叙述

孟姜女戏弄了秦始皇，她以身殉情，表现了她对爱情的忠贞。

办理完范喜良的丧事，孟姜女主动提出："我们去海上游玩吧！"秦始皇听了心里乐开了花，立马吩咐人准备车轿，将他和孟姜女一起拉到了海边。到了海边，孟姜女一言不发地坐上秦始皇提前备好的船。不料，当船行驶到大海中央的时候，孟姜女猛地推开了秦始皇，纵身跃入了大海。

秦始皇着急地大叫："来人，快来人！"但是，哪里还能见到孟姜女呢!

阅读与理解

名师点评

因为秦始皇的残暴，孟姜女和范喜良二人两情相悦的幸福生活戛然而止。孟姜女对爱情忠贞不渝，宁为玉碎不为瓦全。

日积月累

抚养　倾慕　服役　垮塌　凄惨　许可

*一个瓜跨两个院子，算谁的呢？孟、姜两家把瓜摘下来切开了，里面却和平常的瓜不一样，有一个很可爱的小姑娘。

*办理完范喜良的丧事，孟姜女主动提出：“我们去海上游玩吧！”秦始皇听了心里乐开了花，立马吩咐人准备车轿，将他和孟姜女一起拉到了海边。

思考练习

1.孟姜女嫁给了谁？

2.孟姜女为什么要跳海？

3.孟姜女是一个怎样的人？

读书心得

花木兰替父从军

名师导读

古时候，女孩子总是被要求大门不出、二门不迈，待在闺房里，可有一位十分孝顺、勇敢的女孩子却主动替父从军，还取得了赫赫战功。她就是花木兰。

我国古代有一位老英雄叫花弧，他有个女儿叫花木兰。花弧教了花木兰一身武艺。当时，他们的国家处在长期的战争中，需要征兵，花木兰的父亲花弧出现在应征人员的名单上。

> **做铺垫**
> 花弧教了花木兰一身武艺，为后文记叙花木兰替父从军做了铺垫。

花木兰的母亲叹着气说：“你爹的年纪都这么大了，上了战场一定会没命的。”

花木兰低下头，叹息着说：“但是，除了爹爹，没有人能替他上战场了。”

这时，弟弟花木力在一旁兴奋地说道：“那就让我去吧，我早就盼着有一天能骑马打仗，报效国家了！”

花木兰摸着弟弟的头说：“傻弟弟，你太小了，根本就骑不上大马，又怎么能去杀敌呢？”

> **反问修辞**
> 花木兰的话表明了她对弟弟的疼爱。

花弧看着家人不开心的样子，说了一声：“就这样吧。

我又不是不能打，即使死了，也是为国捐躯。”

花木兰听了，心里很不是滋味。这天晚上，她想着父亲这么大的年纪还要上战场，便决定要代父从军。

第二天天一亮，花木兰就和家人说了自己的想法。可父亲摇摇头说：“不行，你是女子啊！”

但是，花木兰丝毫没有动摇，说道：“我是个女子不假，但是武艺都是您教给我的，还说我比一般的男孩子都强，那还怕什么呢？”

花弧知道女儿是担忧自己，可是不这样做又有什么办法呢，只能同意了。

木兰出征的日子临近了，家人开始为木兰准备行装，父亲还为她买来了结实耐用的马鞍和辔头。木兰穿上战甲，手持矛戟，打扮得如同一位将军一样。

> **叙述**
>
> 家人为木兰出征做了准备工作，表达了一家人对木兰的担心，希望她能够平安归来。

出征这天，家人将木兰送到村口，木兰告别家人、跨上战马，赶赴边关，报效国家。到了前线，花木兰毫不畏惧，冲锋陷阵，奋勇杀敌。

在一次战斗中，花木兰的手臂受了伤，鲜血直流。在给她包扎伤口的时候，伙伴们和她开玩笑说：“打仗那么凶狠，是个真正的男子汉。可是想不明白，为什么你的皮肤比女子的还要白啊？”木兰听了，只是笑了笑。

休息了两天，伤口刚结痂，木兰就又上前线了。

十多年后，战争结束了。

在这些年里，花木兰参加了无数次战斗，她是带着很多功勋凯旋的。到了京城，皇帝下旨召见有功的将士。花木兰英姿飒爽，阔步走进皇宫大殿。

皇帝见花木兰英俊潇洒，不卑不亢，很器重她，说：“你杀了不少敌人，我要封你做尚书郎。”

花木兰听了忙推辞道：“谢皇上恩典。我离开家乡太久了，一直思念家中年迈的双亲。现在终于等到战争结束，还望皇上能恩准我回乡探亲。”

皇帝听了，十分欣赏花木兰的忠孝，于是准许了她的请求，并重重地奖赏了她，派人陪同她回乡探亲。

阔别家乡十多年，花木兰终于穿着一身戎装回家了。还没有进村口，她就远远地见到家人们等在那里迎接她。花木兰激动地跳下马，向父母飞奔过去，倒头便拜。父亲扶起花木兰，上下仔细打量着，禁不住老泪纵横，不停念叨着：“太好了！太好了！你终于回来了！”

早已长成大小伙子的弟弟听闻十多年未见的姐姐要回来了，忙杀猪宰羊备好酒席，为她接风洗尘。

酒席进行到一半的时候，花木兰的姐姐将她叫到她曾经住过的闺房，让她脱下戎装，换回了从军前常穿的衣裙。身着女装的花木兰从房间里走出来，对着父母拜了又拜，哽咽着说：“爹、娘，请受不孝女一拜。”

与花木兰同行的人都惊呆了，没有想到花木兰是位姑娘，还这么美。

叙述

花木兰换回女装，惊呆了同袍。从侧面衬托出木兰从军的英勇无畏。

叙述

正面表达了众人对花木兰的敬佩和赞赏。

花木兰便将自己如何女扮男装，如何替父从军，如何报效国家的经过向大家讲述了一遍，大家听了，都禁不住纷纷称赞这位了不起的巾帼英雄。

阅读与理解

名师点评

常言说：自古忠孝两难全。可是，花木兰却是一位孝顺而又勇敢的巾帼英雄。她替父从军，既是心疼父亲年迈的孝顺之举，又是保家卫国的英勇之举，真正诠释了忠孝两全。

日积月累

武艺　动摇　担忧　畏惧　凶狠　功勋　英姿飒爽　潇洒

*木兰出征的日子临近了，家人开始为木兰准备行装，父亲还为她买来了结实耐用的马鞍和辔头。

*在这些年里，花木兰参加了无数次战斗，她是带着很多功勋凯旋的。到了京城，皇帝下旨召见有功的将士。花木兰英姿飒爽，阔步走进皇宫大殿。

思考练习

1.花木兰替谁从军？

2.花木兰是一个怎样的人?

读书心得

木碗的故事

名师导读

有一对夫妻，对家里的老人很不孝顺，可当他们看到自己的儿子有样学样的时候，内心受到了触动，感到十分后悔。这究竟是怎么一回事呢？

从前，有一个老得走不动而且什么东西都看不清的老人，他没有办法照顾自己，只好和儿子、儿媳和孙子住在一起，想让儿子一家来照顾自己。但是，每次吃饭的时候，他连汤匙也抓不紧，经常会把菜汤洒在桌布或地上，儿子和儿媳都有些嫌弃他。

埋伏笔：老人没有办法照顾自己，就连吃饭都不能做得很好，被儿子和儿媳妇嫌弃，为故事发展埋下伏笔。

有一回，老人吃饭时，不小心把汤洒在了地上，碗也摔碎了。儿媳特别生气，大声嚷道：“你又把碗给摔了，还洒了这么多的汤，我们这么忙，哪里有时间来照顾你啊！”

语言描写：儿媳妇大声训斥老人，从她的话中可知她对老人已经非常嫌弃，甚至到了厌恶的程度。

从这以后，儿子和儿媳便不允许老人到桌上一起吃饭了。一到吃饭的时间，他们便用瓦盆盛一丁点儿饭菜让老人自己去角落里吃。老人心里难受极了，常常独自一人躲起来哭泣。因为每天都吃不饱，还要忍受责骂，慢慢地，老人身体越来越差，他的手已经拿不稳碗了。有一天吃饭的时候，老人盛饭的瓦盆又被摔破了，儿媳因此对着不知所措的老人又是一顿责骂。

儿媳和儿子商量：“这老头子现在是一年不如一年了，总是打碎东西，要知道我们也没有多少钱啊，弄个摔不破的碗给他吃饭，看看他还摔不摔。”

儿子说：“那就用木头吧，木碗摔不破。”

于是，儿子找来了一块木头，用了一点儿时间做了一个木碗给自己的父亲。随后媳妇把剩余的碎木头给扫出去，但是他们的儿子却捡走了不少。夫妻俩没有注意儿子在做什么，他们把木碗交给老人。老人摸着木碗，心里很难过。

埋伏笔

此处对孙子的行为的描写，为后面故事的发展埋下伏笔。

几天以后，只见孙子拿着两个小木碗小心地放进了碗橱里。

夫妻俩见了，不明所以地问儿子：“你把这木碗放进碗橱里做什么？”

“这两个木碗就是用前几天剩下的碎木头做的，以后好给爸爸妈妈吃饭用啊。”

听到这话，儿子和儿媳妇两个人对望了一会儿，先是一脸苦笑，最后哭了起来。他们明白了：自己的所作所为，儿子都是看在眼里，记在心上的。

心理描写

这句话写的是夫妻二人从孩子的行为中明白了道理，意识到了自己行为的不当。

以后，他们不再将老人赶到角落里吃饭。他们对老人越来越好了，渐渐地，这个家庭又变得幸福起来。

阅读与理解

名师点评

俗话说“言传身教”。父母的一言一行都会潜移默化地影响到孩子，所以为人父母一定要时刻注意自己的言行。

日积月累

照顾　嫌弃　商量　难过　苦笑　角落　幸福

*但是，每次吃饭的时候，他连汤匙也抓不紧，经常会把菜汤洒在桌布或地上，儿子和儿媳都有些嫌弃他。

*从这以后，儿子和儿媳们便不允许老人到桌上一起吃饭了。一到吃饭的时间，他们便用瓦盆盛一丁点儿饭菜让老人自己去角落里吃。

思考练习

1.儿子与儿媳起初对待老人的态度是怎样的？

2.最后，儿子与儿媳对老人的态度是怎样的？

3.通过什么事情，儿子与儿媳明白了自己对待老人的态度是不对的？

珍珠翡翠白玉汤

名师导读

朱元璋当了皇帝之后，仍然对落难时吃过的名为“珍珠翡翠白玉汤”的菜念念不忘，找了很多厨师来做，都无法再现这道菜的美味，直到一位厨师道出了其中的奥秘。

明太祖朱元璋年少时，家里并不富裕，十七岁的时候他的父母都去世了，他的生活也因此变得更加拮据。

不久，家乡又闹起了灾荒，人们都去逃荒，因为没有吃的了，朱元璋只好外出讨饭。在那些日子里，他经常一天都讨不到一顿饭，还会被别人嘲笑。

> 背景介绍
> 介绍了朱元璋外出讨饭的原因，突出了当时的灾荒使人们的生活变得非常艰难。

有一次，朱元璋因为三天没有讨到东西吃，晕倒在大街上。这时，一位路过的老婆婆发现了他，见他着实可怜，便将他带回了自己的家里。随后，老婆婆将家里仅剩的一块豆腐放在锅里，又找出一小把菠菜，加上一碗粥，熬成了一锅菜汤给朱元璋吃下。朱元璋尝了一口，感觉那真是从没吃到过的人间美味呀！三两下便把一锅食物吃光了。他咂着嘴意犹未尽地问老

婆婆："刚刚吃的那碗东西，里面有红，有绿，又有白的，都是什么东西呀？"

老婆婆开玩笑地说道："这个呀，叫作'珍珠翡翠白玉汤'。"朱元璋听了，觉得这个名字有趣又高雅，便暗暗记在了心里。

叙述

朱元璋记住了这道菜的名字，说明这顿饭给他留下了深刻印象。

很多年以后，朱元璋参加农民起义，经过连年征战，终于成为一统天下的皇帝。

可是做了皇帝的朱元璋，虽然有山珍海味享用却甚觉无味。有一天，他生病了，躺在床上什么也不想吃，突然想起了当年那位老婆婆给他做的"珍珠翡翠白玉汤"。朱元璋吩咐御厨立即做给他吃，可是压根儿就没有人知道这道菜是怎么做的呀！御厨们只好根据菜名找来珍珠、翡翠和白玉一起煮成汤献给朱元璋。谁知道朱元璋尝了以后，发现并不是自己曾经吃过的味道，认为御厨在欺骗自己，恼怒之下就让人把御厨杀了。

对比

朱元璋生病后没有胃口，唯独想吃"珍珠翡翠白玉汤"，再次说明这个汤给他留下了深刻的印象。

之后，他又命人找一位来自家乡的厨师重新做。这位家乡的厨师聪明多了，他先请朱元璋在三天之内禁食，然后用鱼的眼睛来代替珍珠，用红辣椒和菠菜来代替翡翠，再用豆腐来代替白玉，加上鱼汤一起烹饪。

当这道菜献上去的时候，朱元璋觉得终于找到了当年的味道，就问厨师怎么做出这道菜的，为什么会做得如此美味。厨师回答说："回陛下，其实我并不会做这道菜。之所以您觉得合口味，很好吃，其实是因

语言描写

厨师解释了朱元璋觉得这道菜好吃的原因，他的话也给朱元璋带来了很多感触。

为我请您先禁食三天，这样不管您吃到的是什么，都会觉得美味了。”

朱元璋听后哈哈大笑，给了这个厨师很多奖赏。这件事也让朱元璋进一步意识到不能忘记苦日子，应该多关心百姓的疾苦。

阅读与理解

名师点评

常言道：“身在福中不知福。”很多人想方设法地想要吃各种美味，其实最好的美味是“饥饿”。

日积月累

灾荒　嘲笑　可怜　美味　翡翠　聪明　禁食

*这时，一位路过的老婆婆发现了他，见他着实可怜，便将他带回了自己的家里。随后，老婆婆将家里仅剩的一块豆腐放在锅里，又找出一小把菠菜，加上一碗粥，熬成了一锅菜汤给朱元璋吃下。

*御厨们只好根据菜名找来珍珠、翡翠和白玉一起煮成汤献给朱元璋。谁知道朱元璋尝了以后，发现并不是自己曾经吃过的味道，认为御厨在欺骗自己，恼怒之下就让人把御厨杀了。

思考练习

1.朱元璋当了皇帝后，有一次生病时想吃什么？

2.面对厨师的回答，朱元璋有什么反应？

3.读了这则故事，你明白了什么道理？

读书心得

千金买谎

名师导读

有个愚蠢的员外，居然做出花钱找人说谎话供自己取乐的荒唐行径，真是太可笑了。

从前，有一位员外，他觉得自己的生活太无趣了，于是就告诉大家，谁能说出三个谎话，他就给谁三千两黄金。

消息传出后，很多人都来说谎话给这个人听，但是他听了以后就是笑笑，然后说这就是真的。意思就是，他相信讲故事的人没有说谎，所以就不用给奖金了。

叙述

很多人都来给这个人说假话，最后都没有拿到奖金，暗示这个人只是拿人取乐，根本就没有想拿出奖金。

在员外家的附近，住着一个机智又正直的年轻人，他听说了这个事儿后，决定好好地教训那个员外一顿。

随后，年轻人找到员外，告诉他自己是来说谎给员外听的。

员外听了说："那你开始讲吧，不过，要想得到钱，你得说假话。"

"好的，大人。"年轻人开始对员外讲起来，"首先，我很富有。”员外看着衣服褴褛，身体瘦削得像根细竹竿似的年轻人，知道他是在吹牛，但依然满不在乎地顺着年轻人的话说道：“的确，你很富有。”

语言描写

员外看着衣着破烂的年轻人，明知道他在撒谎，却依然违心地说年轻人在说真话。

年轻人继续说道：“我有一个养牛的好办法。可以做许多个大木头箱子，在前后左右挖出四个洞。把牛关进去以后，可以从箱子前面的洞喂牛，然后让牛从箱子后面的洞大、小便，还可以从箱子左边的洞里抽牛油，从箱子右边的洞里取牛肉。用这种方法，可以源源不断地得到牛油和牛肉。”

员外一听，顿时按捺不住，大声喊道：“世上哪有这样的事情？分明是你吹牛！”

年轻人听了，立刻反问道：“你承认我是在吹牛，那我就是赢了。”员外一听，立马闭上了自己的嘴。

年轻人见了，继续说谎给员外听：“在我小的时候，考试总是考第一名。你还经常夸奖我，说我很聪明，等我长大了，会把你的三女儿嫁给我做妻子。现在，我已经长大了，今天就是来娶你的三女儿的。”

员外听了大急：“你胡说！我何时说过要将三女儿嫁给你做妻子的？”

年轻人听了大笑：“你说我胡说，那就是承认我在说谎了？”

员外听了，心里暗叫不好，惊愕得张着大嘴，有苦却说不出来。

神态描写

写出了年轻人的机智应答让员外目瞪口呆的样子。

年轻人见了，又自顾自地继续说下去：“还有一次，我来你家门口卖梨子。我记得你买了三筐，按当时我那一筐梨值一千两黄金计算的话，你还欠我三千两黄金呢。”

员外为了不输掉比赛，已经根本不听年轻人说的是什么了，一股脑儿不停地点头答应。

年轻人见员外上当了，越说越兴奋：“大人，我可记得你当时并没有给我钱呢，请你现在就把欠我的三千两黄金还给我吧。”

语言描写

年轻人谎称员外欠了自己三千两黄金，以此迫使员外不得不承认年轻人撒谎了。

员外听了，心里叫苦不迭。因为若是他承认年轻人没有说谎，那么他就得将三千两黄金付给年轻人。可如果说没有这回事，又等于承认了年轻人确实说谎了，依然要付给他三千两黄金！

年轻人看着员外狼狈的样子，哈哈大笑：“大人，你输了！其实我今天来给你讲谎话，并不是想要你的钱，而是想告诉你做人要本分，不要总想着要小聪明！”

年轻人说完，便头也不回地离开了。

阅读与理解

名师点评

员外自以为聪明，用金钱诱惑别人，以达到供自己取乐的目的，最终被机智、善良的年轻人惩治了一番。这个故事告诉我们：要小聪明的人，往往会聪明反被聪明误。

日积月累

机智　正直　惩治　富有　承认　狼狈　本分

⭑员外看着衣服褴褛，身体瘦削得像根细竹竿似的年轻人，知道他是在吹牛，但依然满不在乎地顺着年轻人的话说道："的确，你很富有。"

⭑年轻人看着员外狼狈的样子，哈哈大笑："大人，你输了！其实我今天来给你讲谎话，并不是想要你的钱，而是想告诉你做人要本分，不要总想着耍小聪明！"

思考练习

1.请概括故事的主要情节。

2.员外是一个怎样的人？

3.读了这则故事，你明白了什么道理？

禄东赞巧解难题

名师导读

无论在哪里，都少不了充满智慧的人，远在吐蕃的禄东赞，就是一个这样的人。他凭借着自己的聪明才智，帮助松赞干布迎娶了文成公主。

背景介绍

介绍了故事发生的背景，引出下文。

唐朝的强盛，让吐蕃的赞普松赞干布很是崇拜。他很想与唐朝结成良好的关系，于是派出自己的得力下属禄东赞前往长安，向唐朝提出联姻。

联姻要挑选出合适的人选，可是唐太宗找遍了整个宗室，几乎没有一个人愿意去遥远的吐蕃。最后，才十六岁的文成公主自告奋勇说自己愿意远嫁吐蕃。

哪知道，好多国家都纷纷派遣了使臣前来，想要迎娶文成公主，请求与大唐联姻。唐太宗见到这样的局面不知道该如何处理，最后不得不准备了很多的难题，让提亲国家的使臣前来作答，而文成公主自然是嫁去胜出的那个国家。

第一道题的题目是用丝线穿九曲明珠。这第一关便难住了很多人，可是禄东赞却运用自己的智慧想出了一个好办法。他找来一只蚂蚁，把丝线拴在蚂蚁的腰上，把蚂蚁放在明珠的入口处，在出口的地方则放上蚂蚁喜欢吃的甜食。结果，蚂蚁被甜食吸引着，带着丝线穿了过去。

第二天，唐太宗对各国使者说道：“你们要带上一百只羊和一百坛酒，将这些羊杀掉剥皮，还要吃光它们的肉，喝光这些酒。”好多的使臣还没有将酒喝完便醉倒在地了。只有禄东赞不慌不忙地用小碗边吃边喝，圆满完成了这道题。

语言描写

唐太宗要让各国使者吃一百只羊，喝完一百坛子酒，这是一个非常难以完成的任务。

到了第三天，唐太宗又出了一道难题，他命侍卫牵出一百匹母马和小马驹，然后让各国使臣从中分辨出哪匹小马驹是哪匹母马生的。聪明的禄东赞吩咐手下将小马驹们单独关起来，一整夜都只给草料不给水喝。到了第二天，他命手下放出小马驹，只见小马驹们奔出来，都各自去找自己的妈妈喝奶去了。

叙述

禄东赞巧解第三道难题。连续的胜利说明他是一个聪明的人。

第四天的时候，唐太宗又出了一道难题。他命人拿出一百根头尾一样粗细的木棒，让禄东赞辨认头和尾。禄东赞命手下将木棒放到水里，根据木头尾巴重会沉入水下，头轻会浮在水面的原理，很轻松地又赢了一局。

最后，唐太宗命人将三百位宫女和文成公主打扮得一模一样，让禄东赞将文成公主找出来，并答应禄东赞只要能找出文成公主，就应允吐蕃的联姻请求。

禄东赞早就向宫女那里打听了文成公主的模样和生活习惯，还从一位老宫女那里得知，文成公主的眉心有一颗不太明显的朱砂痣。于是，禄东赞顺利地找到了文成公主。

总结

文成公主给吐蕃带去了各种技术和文化，让吐蕃得到了飞速发展。这更突显了禄东赞机智求亲的重要意义。

就这样，禄东赞终于完成了替松赞干布迎娶文成公主的任务。文成公主带去了大批纺织、制陶、造纸、酿酒、碾磨等行业的优秀工匠，以及诸多典籍，内容涉及诗、农、经、史、医、历等许多方面。这些工匠和文化成果使吐蕃百姓的生活发生了翻天覆地的变化。

阅读与理解

名师点评

禄东赞运用自己的聪明才智最终赢得了胜利，帮助吐蕃实现了与唐朝联姻的愿望，为吐蕃的发展做出了贡献。禄东赞的智慧故事也寄托了人们对这次联姻的嘉许之情。

日积月累

强盛　崇拜　仰慕　运用　圆满　各自　典籍

*唐朝的强盛，让吐蕃的赞普松赞干布很是崇拜。他很想与唐朝结成

良好的关系，于是派出自己的得力下属禄东赞前往长安，向唐朝提出联姻。

*禄东赞终于完成了替松赞干布迎娶文成公主的任务。文成公主带去了大批纺织、制陶、造纸、酿酒、碾磨等行业的优秀工匠，以及诸多典籍，内容涉及诗、农、经、史、医、历等许多方面。这些工匠和文化成果使吐蕃百姓的生活发生了翻天覆地的变化。

思考练习

1.松赞干布是哪个少数民族的首领？

2.文成公主嫁到了哪里？

3.传说，唐太宗是通过什么方式来决定文成公主的婚事的？

读书心得

黄粱梦

名师导读

卢生在梦里经历了自己的一生，可是醒来却发现不过是做了一场梦而已。你想知道卢生做了一个什么样的梦吗？

卢生是唐朝的一个少年，他总是觉得自己怀才不遇，经常失落不振。有一天，他外出办事，途中在一家客店歇息，遇到了吕翁。二人相谈甚欢。

语言描写

从卢生的话中可以看出他心中的不甘和郁郁不得志的无奈。

卢生长声叹息道：“不得志啊，所以我才会是这个样子啊。”

吕翁说：“那你想怎么样呢？”

卢生说道：“我现在在种田，可我的理想却是建功立业。和别人比起来，我真的是太差劲了。”

语言描写

吕翁给了卢生一个枕头之后，暗示他这个枕头可以帮他实现愿望。吕翁的话增加了故事的传奇色彩。

吕翁看着正在蒸黄米饭的店老板，微微一笑，从自己的行囊中取出一个枕头递给卢生，说道：“吃饭还早，你不如先睡一会儿，说不定就可以实现愿望了呢。”

卢生接过枕头就去睡觉了。他做了个梦，在梦中，他已经回到了家中。

几个月后，卢生迎娶了一个很漂亮的大家族的小姐，卢生的家境也逐渐富裕了起来。

第二年，卢生参加了科举考试，中了进士，后来当上了县尉。很快，他到陕西做官，开了一条水路，解决了当地的交通问题，也正是因为如此，人们给卢生刻了彰显他功绩的石碑。

恰逢北方的敌人犯境，皇帝便册封卢生为节度使，派他带兵上阵杀敌。卢生率领大军夺取了三座城池，斩杀敌军七千首级，不但收回失地，还拓展了疆土，让边疆的老百姓都过上了安居乐业的日子。

因为卢生不断立下大功，皇帝对他十分赏识，可是朝中很多官员也因此十分妒忌，便开始散布流言蜚语来中伤他。皇帝终于在小人的离间和谗言之下，对卢生产生了怀疑，便找了个借口将他流放了。直到多年以后，卢生才被发现是冤枉的，皇帝便将他官复原职，让他一直做到了宰相，还将他封为了燕国公。卢生还生了几个才华横溢的儿子，都各自与当时的名门望族结了亲。

叙述

卢生被嫉贤妒能之人陷害，最后被皇帝流放。真是命运多舛。

卢生年事已高，想要回到家乡去休养，皇帝却始终都舍不得让他离开。

一天，皇帝下诏，说："你给我的国家带来了希望和和平，我希望你的身体能够好起来，能够继续为我分忧。"最终，卢生还是去世了。

语言描写

皇帝的诏书表现了皇帝对卢生的认可和赞赏。

其实，这只是卢生做的一个梦。当他醒来时，发现吕翁坐在自己身旁，店老板的黄米饭还没有蒸熟呢，而自己也并没有死去，只是睡着了做了一个梦，一切都还是照旧。

卢生说："这就是梦吗？"

吕翁说："你人生的辉煌就是这个样子啊，根本没有什么啊。"卢生很久都没有说话，最后朝吕翁拜了拜，感谢他让自己明白了：辉煌和困窘不过是一念之间，在死亡和生存面前这些并不算什么。

此后，卢生再也不抱怨了，而是做着自己应该做的事情。

阅读与理解

名师点评

人世间的功名利禄，都不过是梦一场，如同过眼云烟。我们要珍惜当下，做好自己眼前的事。

日积月累

失落　相谈甚欢　叹息　富裕　石碑　安居乐业　赏识

*恰逢北方的敌人犯境，皇帝便册封卢生为节度使，派他带兵上阵杀敌。卢生率领大军夺取了三座城池，斩杀敌军七千首级，不但收回失地，还拓展了疆土，让边疆的老百姓都过上了安居乐业的日子。

*当他醒来时，发现吕翁坐在自己身旁，店老板的黄米饭还没有蒸熟呢，而自己也并没有死去，只是睡着了做了一个梦，一切都还是照旧。

思考练习

1.吕翁给了卢生一件什么东西，让他做了一个奇妙的梦？

2.梦中卢生的命运是怎样的？

3.在梦中，卢生因为什么遭到了皇帝怀疑？

读书心得

将军与门神

名师导读

每逢过年的时候，在我国很多地方，人们都会在大门上张贴尉迟敬德和秦叔宝的画像，以此来抵御邪祟。你知道这个习俗的来历吗？赶紧看过来吧。

李世民称帝之后，晚上常常做噩梦，即使有很多卫兵在门口保护他也难以安然入睡，结果一天天憔悴消瘦，没有精力处理国事。尉迟敬德和秦叔宝二人都是唐朝的开国元勋，他们知道了这件事以后很是忧心，所以向皇上请旨，由他们二人亲自去给皇上守夜站岗。

叙述

引出故事的主人公秦叔宝和尉迟敬德。

神奇的是，自从尉迟敬德和秦叔宝二人去给李世民站岗以后，李世民便睡得很踏实，再也不做噩梦了。可是，每当他们二人等李世民睡着以后想要离开，李世民便又会惊醒过来。

虽然李世民很想让两人继续在皇宫给自己站岗守夜，可是，这两人天天这样熬夜也撑不住啊。怎么办呢？这时，宰相魏征想了一个妙计，他请来著名的画师对照尉迟敬德和秦叔宝两人，将他们精神抖擞、威武伟岸的形象给画下来，挂在李世民寝殿的门上。果然，李世民再没有被噩梦惊醒过，因为休息得好，精神也十分饱满，处理国事更加高效了。因此，李世民将尉迟敬德和秦叔宝二人封为驱邪扶正的门神，并向全国推广张贴他们的画像，以此嘉奖他们。

正面描写

李世民有感于两人驱邪恶、迎正气的功绩，特地对他们进行了封赏，表达了李世民的感激之情。

就这样，过年的时候，百姓们便会把尉迟敬德和秦叔宝两位将军的画像张贴在自家的门上，让传说中的梦魇自行退却，而原本在战场上威风凛凛的尉迟敬德和秦叔宝两位将军顺理成章地进入寻常百姓家，成为安家镇宅的门神了。

叙述

总结全文，再次申明门神这一风俗的来历。

阅读与理解

名师点评

安家镇宅的门神寄托的是人们对幸福平安生活的美好向往。

日积月累

噩梦　安然　消瘦　精力　威武　顺理成章

*李世民称帝之后，晚上常常做噩梦，即使有很多卫兵在门口保护他也难以安然入睡，结果一天天憔悴消瘦，没有精力处理国事。

*李世民将尉迟敬德和秦叔宝二人封为驱邪扶正的门神，并向全国推广张贴他们的画像，以此嘉奖他们。

思考练习

1.故事中的两位功臣分别指谁和谁?

2.两位功臣是如何表现对皇帝的赤诚之心的?

3.李世民是怎样表达对两位功臣的感谢之情的?

读书心得

踩高跷的传说

名师导读

正月十五的踩高跷表演精彩、热闹，关于它的来历还有一段传说呢。

很久以前，每逢重大节日，雨金城都要举行隆重的社火活动，祝愿人们生意兴隆、五谷丰登。东关人喜欢办桌上芯子，西关人喜欢办马上戏，城里人给他们敲锣打鼓，城里城外十分热闹。

背景介绍：点明了故事的时间、地点及原因，引出下文。

有一年快过年时，城里城外的人们按照惯例都做好了准备，准备大年初一游街串巷，进行娱乐。

这时，城里回来了一个在外地做官的人，当他得知城里和城外的人联合庆祝的事情以后，便想趁此机会发一笔财。

因为联合办社火，进城出城的人会很多。来来往往的行人必须通过四个城门，而护城河上的桥板是这个当官的人做的。他宣布凡是过桥的人都要付给他三钱银子。除夕这天，他就派人把四个城门的桥板吊了

叙述：这个当官的想趁机发财。这句话解释说明了其中的原因。

起来，还把南北两个城门也关闭了。

大年初一早晨，城外的社火队来到城下，见桥板被吊了起来，感到很纳闷。这时守吊桥的人对他们喊道："老爷说了，要想过桥，需交三钱银子。否则，不许过桥。"城外的人听了，都十分生气。

但是，他们今年的社火准备得格外好，不进城表演一番实在可惜。于是，就忍气吞声地凑够了进城的银子。

谁知守吊桥的人又把价格提高了，城外的人听了，气得火冒三丈，不得不又凑了一些银子。

刚把钱凑足，守吊桥的人又涨价了。这下城外的人不干了，都大骂城里做官的太黑心了。他们决定从此以后取消社火活动，再也不进城去了。

社火队的领头人有一个足智多谋的儿子，他的胆子很大，心思缜密。他暗自揣测，如果取消社火，肯定会对城内外人们的团结不利。所以，他气得晚上都失眠了，对那个做官的恨得咬牙切齿。

有一天晚上，他突然瞄到墙上挂着的一幅白鹤图，只见这白鹤的两条大长腿，一条站在水中，一条搁在树枝上。他心里一动，想道：假如自己也能接上两条大长腿，不就可以像这白鹤一样跨过河去了吗？

心理描写

社火队领头人的儿子想到了一个好办法，打算给自己接上两条"大长腿"，这样就能跨过河了。

于是，他忙跑到护城河边去，找来竹竿测量了一下护城河的水位。随后，他赶回家里找出两根柳木棍，做了两个脚踏，再把脚踏绑到了腿上，扶着竹竿晃晃悠悠走了几圈，感觉良好。

第二天天亮以后，他踩着木棍走到护城河里。守吊桥的人看到他，吃了一惊，急忙去告诉那个做官的。城里的人也被惊动了，大家都跑上城墙看热闹。

叙述

看热闹的人很多，把当官的都挤下了城楼，场面有些混乱，为社火队趁机入城创造了条件。

那个做官的人也在随从的簇拥下上了城楼，可惜他还没有站稳，就被后边涌上来的人挤下了城楼。随从们吓得赶紧放下了吊桥去救人，社火队的人趁机都进了城。城里城外的人又进行了一场大联欢，场面比往年还要热闹。

正月十五这天，社火队里又新添了一个表演项目：许多小伙子都绑上高高的绑腿，兴高采烈地排成长长的一队，进行各种表演。有人把这个节目称为“柳木腿”，也有人称它为踩“高桥”。还有人说，套上这个绑腿，人就变高了，腿迈得更远了，所以叫它“高跷”吧。

阅读与理解

名师点评

当大门被关上的时候，可能还有一扇窗为你而留。只要不放弃，就总会想到办法。

日积月累

隆重　兴隆　热闹　惯例　纳闷　忍气吞声　火冒三丈　足智多谋

*很久以前，每逢重大节日，雨金城都要举行隆重的社火活动，祝愿人们生意兴隆、五谷丰登。东关人喜欢办桌上芯子，西关人喜欢办马上戏，城里人给他们敲锣打鼓，城里城外十分热闹。

*许多小伙子都绑上高高的绑腿，兴高采烈地排成长长的一队，进行各种表演。有人把这个节目称为“柳木腿”，也有人称它为踩“高桥”。还有人说，套上这个绑腿，人就变高了，腿迈得更远了，所以叫它“高跷”吧。

思考练习

1.雨金城每年都要举行什么活动？

2.社火队为什么不能顺利进城？

3.高跷是怎样被发明出来的？

读书心得

小憨子

名师导读

努尔哈赤是建州女真的首领、清王朝的奠基人。他在没有称汗之前，也和普通人一样，甚至被叫作“小憨子”，那么，小憨子是如何成长为统一建州女真的部落领导者的呢？这里还有一个神奇的传说，让我们一起来看看吧。

叙述　写出了努尔哈赤小时候的特点，强调了他胆大、聪明。

相传，清太祖努尔哈赤幼年时，被称作“小憨子”，但他不仅聪明，还很有胆量。后来，他的爷爷和爸爸被明朝军队杀死，他走投无路，就和王杲一起去长白山挖人参。

两人走了很远的路才来到长白山的老林子里，每天出门早回来晚，在山中转来转去。可是许久过去了，连一根人参也没有挖到。进山时两人只带了一点儿米和盐，很快就要吃光了，他们都愁得要命。

叙述　叙述了努尔哈赤和王杲两人在山里寻找人参未果，决定在破旧的窝棚稍作休息，说明人参难寻。

有一天，两人又在林中转了大半天，又困又累，刚好看到一处破旧的窝棚。两人实在太累了，便商量好去窝棚里休息一会儿再走。

他们钻进了那间破旧的窝棚里准备休息一下，却不料身上的汗味实在是太重了，引来了长白山叮人不撒嘴的蚊虫。这些蚊虫越聚越多，多得都能将人给活活叮死。

两人被叮得无法忍受，索性脱掉衣服将蚊虫往外轰，等轰得差不多了，就把衣服挂在窝棚门上挡着。可是，两件衣服太少了，根本挡不住小虫子，小憨子又脱了裤子，把裤子塞进门的缝隙里。

两人躺下休息，片刻之后，王呆便睡着了。小憨子想到自己的亲人都被杀害了，如今自己也躲进了深山老林，就指望挖些人参好卖点儿钱，以便出山报仇，结果连人参的影子都没看到。真是命苦啊！不一会儿，小憨子在迷迷糊糊中也睡着了。

刚睡着，小憨子就梦见老林子里刮起了一阵狂风，狂风刚停，一只斑斓的猛虎就从草丛中跳了出来，跑到他们跟前，叼起小憨子的衣服就跑。因为到山里来挖人参的人都将老虎视为山神，所以没有人敢去惹老虎。

叙述

这句话交代了人们对老虎非常敬畏。

小憨子见山神来了，吓得连大气都不敢出，直到看到它将自己的衣服叼走了，才敢轻轻动一下。他十分懊恼，心想：没有衣服可怎么出山呢？但他又想：这事真是有点儿怪，为什么山神只叼衣服，也没见它伤害他们啊？是不是在叫他出去？那他就跟在后面吧，是死是活，就听山神的安排吧！

一想到这里，他抬腿就追。说来也奇怪，他跑得快，老虎也跑得快；他跑得慢，老虎也跑得慢，可不管快慢却总也追不上。就这么跑着，跑着，老虎把他带到了一个山坡上。这只老虎放下他的衣服，就消失得没影儿了。

小憨子跑过去，刚拿起衣服，就被惊呆了。啊！面前火红的一片，全是人参花和人参果，就像珍珠和宝石一般，天空中还有很多鸟儿飞来飞去。

小憨子知道山神一定是来救他的，高兴极了。于是，他挑了一株挖起来，挖出来一看竟然是一棵千年宝参。

他大吃一惊，小心地用布把宝参包了起来，然后往回走。他来到一个深潭边，想要洗个澡，忽然水面泛起了一阵阵水花，而且水花越滚越大。他正呆呆地瞅着，一条五彩的金龙突然从水花里蹿出来。只见这条龙四爪冒出四色的光华，红色、黄色、蓝色、白色，凶神恶煞地向他扑来，吓得他躲闪不及，便拿起手中包着人参的包裹向金龙砸去。

场面描写

描写了努尔哈赤想要去深潭边洗澡时发生的情况。五彩金龙的形象让人印象深刻。

奇怪的是，这只包裹刚一离开他的手，竟然发出了光芒，变得亮闪闪的，格外美丽，就像一颗斗大的明珠，还带着迷人的奇异香气。金龙一看见这颗明珠，一甩龙头，便奔向了明珠。小憨子正看得出神，金龙突然消失了。小憨子一惊，惊醒过来，原来他是在做梦。

叙述

说明刚才所有神奇的事情只是一场梦，也为后文努尔哈赤让人做龙旗交代了原因。

后来，大家拥戴小憨子做了部落首领，他就按梦中看到的情景，请人做了一面绣有金龙戏珠图案的龙旗，来提醒自己不要忘记当年挖人参时的辛苦，也提醒后人牢记先辈创业不易。

他还根据龙爪上光芒的颜色，把手下也分成了红、黄、蓝、白四旗。后来，他又将手下的军队分出镶红、镶黄、镶蓝、镶白四旗，他把每旗定为七千五百人，共计六万人，所有人都跟着龙旗走，一共八个旗。后来，只要有人问八旗的人是哪里来的，他们都会回答："我们是跟着龙来的。"

> **叙述**
> 解释了四旗变八旗的缘由和过程，突出了龙旗的领导地位。

阅读与理解

名师点评

小憨子其实不憨，他有勇有谋，顺势而为，成就了一番大业。

日积月累

实在　缝隙　珍珠　凶神恶煞　奇异　情景

*两人被叮得无法忍受，索性脱掉衣服将蚊虫往外轰，等轰得差不多了，就把衣服挂在窝棚门上挡着。可是，两件衣服太少了，根本挡不住小虫子，小憨子又脱了裤子，把裤子塞进门的缝隙里。

*大家拥戴小憨子做了部落首领，他就按梦中看到的情景，请人做了

一面绣有金龙戏珠图案的龙旗，来提醒自己不要忘记当年挖人参时的辛苦，也提醒后人牢记先辈创业不易。

思考练习

1.故事中的小憨子指的是谁？

2.小憨子做了一个什么样的梦？

3.小憨子是如何提醒自己不要忘记当年挖人参时的辛苦的？

读书心得

汉高祖观殿

名师导读

有一个不起眼儿的小工匠，不小心得罪了高高在上的皇帝，他要怎样做才能逃过杀身之祸呢？让我们一起来看看下面的故事吧。

相传，刘邦打败项羽，成了天下霸主后，就发出皇榜广招各地的能工巧匠，想要在京城建造皇城和宫殿。消息传得很远，就连老家沛县的人也听说了。

有一位巧手的木匠叫王小九，他也想应召，但是他的母亲怎么也不同意，这让他无计可施。那晚，母子二人吃过饭后接着商量。

做铺垫

王小九想去报名，母亲却坚决反对，为下文做了铺垫。

小九说：“娘，不管是修建城池还是建造宫殿都是百年不遇的大事啊，再说京城是通都大邑，如果真能在那里好好干几年，咱又能开眼界，又能跟名家学得一身本领，真是一件好处多多的事，您怎么总是不让我去呢？”

“娘不让你去，自然是有原因的。你爹死得早，丢下咱娘俩一个老一个小相互守着。娘最担心的还是这件事如果做不好，皇上是会降罪的。你还年轻，不知道世事艰难，常言道‘伴君如伴虎’，古往今来，皇帝有多少好相处的？只听说那些人都是翻脸无情、六亲不认的啊！那孟姜女哭得多么凄惨啊！她的丈夫给秦始皇修长城，一去不复返。那些修皇陵的匠人，也因为皇帝怕走漏了消息而被葬在坑里！”

反问、引用修辞

用反问、引用的修辞说明一个道理，那就是皇家的事情最好不要参与，不然恐怕下场不妙。

小九听到这里，便笑道：“娘，您说的不错啊！可修城建殿，那些工人差役的人数是以成千上万来计算的，哪有这么巧，咱就碰到了这倒霉的事？而且，皇帝和咱是一个县城的人，就算出了什么事，我们和他的情分也不一样嘞。”说了一夜，小九的母亲到底还是没有答应。

语言描写

小九听了母亲的话，没有被吓到，反而劝慰母亲，倒霉的事不会落到自己头上，体现了他乐观且天真的性格。

限期越来越近了，实在没办法，王小九只好将师父拉过来帮忙说情，才总算让母亲松了口。“既然老哥带着他，那我也能放心了，可是从他离开了家开始，就要让他装成哑巴吧。”小九的母亲说道。

小九问：“为什么要这样呢？”

母亲回答道：“自古以来，‘祸从口出’是有道理的。你只管跟着师父吃饭，专心干活，对其他的事情一概装聋作哑就行了。”虽然小九母亲的这番话让人听了觉得非常好笑，但师父还是满口答应了下来。

师徒两人一到京城，师父就把“王哑巴”当作王小九的新名字，去报了名。

王小九圆圆的脸一下子变成了长脸，再也不笑了，一整天都不吭声，只知道一个劲儿地干活。有时候晚上见人家有说有笑，心里实在是又急又气，还生母亲的气。

叙述

小九应母亲之言，装作哑巴，但是他很眼馋别人能说话，不由得有些埋怨母亲。

常言道：“怕啥来啥。”果然，就真的出事情了。

有天晚上收工后，工人们都离开了，还有一些尾没收好，小九在大殿西南角对着内檐板刷油漆。小九一心一意地干着活，浑然不知外面的太阳就要落山了。

这时候，有个人从殿门外面轻手轻脚地进了门。这人身材不高，穿着便服，背着手在殿里闲逛。这个人就是当朝的开国皇帝刘邦。这些天，听说大殿就要完工了，他好奇得很，就想去看一看。此时饭后闲着，他就从后宫溜出来散步到了这里。

刘邦把宫殿前前后后都看了一遍，看见殿宇高大、威严，到处龙飞凤舞，满眼都是金碧辉煌的景象，心想这儿果然富丽堂皇，不愧是帝王家，也算没白费力气打下这天下。

他不禁一阵欣喜若狂，顿时有些按捺不住，身子向上一跃，腿脚向空中一踢，右手一挥，“啪叽”一掌打在屁股尖上，大拇指在胸前一竖，半是唱来半是念地说道：“嗨！出乎意料的是，亭长出身的刘三儿竟也有今天了……”他的声音在殿中回响着。

动作描写

汉高祖看到眼前辉煌的宫殿，不由得万分感慨，由于心中喜悦，所以动作也十分轻狂。

只见他只有一条腿着地，顺畅地转了一个圈儿，顺势向下又是一个马步下蹲。这些浪荡玩意儿是他在当亭长的时候就喜欢玩的，如今又玩了起来。眼看他嘴角高高挑起，双眼往上一望，眼珠白多黑少，好像一副吞了整个鸡蛋被噎住了的样子！

刘邦这么朝上一翻眼珠，正巧就看见大殿西南方的角落里有一个黑影在轻轻地移动。他暗暗吃了一惊，赶紧收起架势，往那里快走了几步，借着蟠龙的金柱把身躯挡住，歪头向上看了过去。

哎呀！他看到有一位小匠人正在封檐板上刷着油漆，顿时惊出了一身冷汗。

心理描写

刘邦为了避免自己的轻狂行为被外人知道，顿起杀心。这也证实了王小九母亲的话——伴君如伴虎。

他想，刚才自己那阵子手舞足蹈的样子，会不会被那小匠人看到了呢？连自己的小名儿都被自己叫了出来，这小子能够不看一眼，不听一句？要是传出去，我堂堂皇帝不成笑话了吗？

他心神不宁，心想怎么说也不能让这风声传出去。不错，现在只有他一个人知道，事情应该早点儿做决定，为了保住皇帝的尊严，必须除掉他。

想法一定，他故意装出一副惊慌的样子，一面高喊："有刺客！护驾！"一面磕磕绊绊地跑进殿里，装作腿软的样子倒在地上！

侍卫们得知情况，立时狂奔过来救他，好抢得救驾的功劳。在匆忙中，皇上没有椅子坐，一个太监就伏在地上，拱着背，另一个太监扶起圣上坐在前一个太监的背上休息。

刘邦面色蜡黄，一身冷汗，手指胡乱指着殿里。武士们看到他这副模样，如狼似虎般扑入殿内，将王小九揪了出来。

神态、动作描写

刘邦故作慌乱，装出一副受到惊吓的样子，假戏真做。

一个侍卫见此人手提五色漆筒，满是油灰，便回头亲自查看了封檐板，觉得皇上大概是看错了，忙跪下道："启奏陛下，这人不是刺客，是个手艺人，不知您来这儿，还在上面赶活儿，没来得及回避。"

刘邦微微睁开眼睛，仔细打量，可不就是这么一回事嘛，只见他一手提漆桶，满身都是油彩，眉清目秀，面容忠厚，一点儿也不像刺客的模样。

但他的眼睛一闭，马上训斥道："奴才！你说他是工匠……他左手藏刀要干什么？"

侍卫转过头来，忙跪下回话道："圣上仁慈，这不是刀子，是一块小小的用牛角做的刮灰板，是漆匠的工具啊。"

话未说完，刘邦怒气冲冲地斥责道："愚蠢！为什么他的情况你每一件都知道呢？"

这个侍卫琢磨着他的话，猜到圣上一定是想处死这个人，于是马上明白了过来，爬起来喝道："伺机行刺，罪无可赦，马上斩首！"

语言描写

侍卫终于明白了皇上的意图，马上顺着他的意思往下接话。这几句话刻画了一个奴才唯命是从的丑陋嘴脸。

王小九这才明白，原来这刘三儿竟然就是当今皇帝呀！这是皇帝害怕自己在殿内的丑事外扬，想要杀掉自己灭口呢。王小九定了定心神，心里反而什么也不怕了。一见众武士就要上前抓自己，王小九双眼一闭，拿着漆桶一边转玩起磨盘车轮，一边“阿吧！阿吧！”地指着封檐板！

谁也没想到这个漆匠是个哑巴。如此乱叫了一番，王小九又眯着眼睛将五色的油漆胡乱地泼着，一圈儿人都躲闪着，谁也不敢上前。

如此一番，侍卫可气坏了，马上卷起袖子，准备亲自动手，他抽出随身宝剑正要刺过去。

可听到乱叫的刘邦一下子精神了，脸不黄了，汗没有了，头也不晕了。他睁开眼睛，虽然嘴上没有说话，但他心里清楚，哑巴说不出话，没办法诉说刚刚的事情。

神态描写

刘邦看到王小九是个哑巴，心下暗喜，自己的形象可算是保住了，不由得放松了下来。

看见侍者手持宝剑，正逼向那可怜的人，他不由得喝了一声：“站住，没用的东西！这只是个乡下人，懂什么皇家的礼节，虽不知回避惊扰了我，但念他为皇家百年盛典、万世基业贡献了自己的一分力量，本该不予计较，这次就算了吧！”

接着，他站起来，又说：“这是无知小民，虽然我不计较，但这是京都圣地，留着残缺的人，连话都说不了，既不方便，也不雅观。今天太晚了，明天送他回乡下去吧。”

听到这番话，王小九气炸了！他嗓子发堵，眼睛瞪得突了出来。

神态描写

王小九的神态反映出了他内心的愤怒。

大家都觉得这是个什么都不懂的小哑巴，上来两个人强行按着他的脖子，向皇帝叩头谢了恩!

次日一早，王小九便背起行囊，被迫离开了京城。

不久,京城就流传起《汉高祖观殿》的故事了。听说了这个故事的人，无不夸赞当今圣上真是难得的宽厚仁慈、心胸宽广、宅心仁厚！而王小九一路讨饭回家，随后这个故事的真实版本也慢慢地在民间流传开了……

阅读与理解

名师点评

非礼勿视，非礼勿听，非礼勿言。管住自己的言行，有时能给自己省掉许多不必要的麻烦。

日积月累

眼界　本领　凄惨　倒霉　威严　辉煌　惊慌

⋆相传，刘邦打败项羽，成了天下霸主后，就发出皇榜广招各地的能工巧匠，想要在京城建造皇城和宫殿。消息传得很远，就连老家沛县的人也听说了。

⋆听说了这个故事的人，无不夸赞当今圣上真是难得的宽厚仁慈、心胸宽广、宅心仁厚！

思考练习

1.刘邦成为天下霸主之后想建造什么？

2.王小九的母亲有没有答应王小九的请求？为什么？

3.王小九的母亲对王小九进京做事提出了什么要求？

读书心得

潘安断案

名师导读

不知你有没有听过审猪的案子。是哪位官员这么有本事，还能审猪？快来看一看吧。

潘安是晋朝大文学家，且素有中国古代第一美男子之称。当年，他在怀县当了一年县令后，百姓来县衙告状的现象几乎消失了，三班衙役纷纷前来向他祝贺，到处都是一片歌功颂德之声。

叙述

潘安为官一年，他所在的地方告状的变得极少，说明他为官清廉，治理有方。

潘安却冷静地说："'屈死不告'是老百姓的祖传信条啊，没有到最后的关头，谁也不愿意来衙门。没有人来告状，但是冤情不会消失，这反而说明我的官做得不够好，不是该庆祝的事情啊。从此以后，三班衙役都深入百姓之中，就地查案，找出重大的案件等我来审判，你们之中功绩卓著的，可以提拔重用。"

有一天，潘安把自己扮成游方郎中，腰中还藏着弹弓防身。他手持铃铛，一路吆喝，走到村子里探访民情。

外貌描写

描写了潘安乔装打扮成郎中的样子，反映出他肯于深入群众，一心为民。

潘安来到宁郭驿，问了很多人以后，发现村里有个叫程虎的恶霸。此人有些权势，身家颇丰，却仗势欺人，横行霸道。村里人都对他恨之入骨，却拿他没办法，只能私底下狠狠地咒骂他。潘安下定决心要为百姓除掉这一祸害。

潘安坐在村西十字路口旁的茶馆里喝茶休息，忽然，一辆马车飞快地从北边向南驶来，而一只母猪正慢吞吞地从东向西走着，马车来不及躲避，把猪腿轧断了。大母猪一下子倒在地上，发出了凄惨的号叫。

那个赶车人吓得脸都白了，慌忙把马车停了下来，小声询问猪的主人是谁。一个四十岁出头的男子恶狠狠地赶来，二话没说，一把将赶车人的衣服扯住，“啪啪”两声，打了他两个耳光。这名男子还恶狠狠破口大骂，打人的男子正是程虎，只见他向赶车人继续骂道：“是谁这么没长眼睛！”赶车人一边赔着笑脸，一边擦拭着嘴角的血迹，表示自己愿意多给点儿补偿以示赔罪。

动作描写

一系列动作写出了程虎蛮横凶恶、欺人太甚。

程虎向车上瞅了瞅，发现车上满载着二石缸和八斗缸，冷笑一声说道：“俺家这头母猪可是摇钱树，我们家全靠它发家致富。它饭量大，两年就能生五窝小猪，你就是把车上的货物全赔给我，加上这马匹也不够啊！不如把你这大皮袄也脱下来赔给我好了！”

比喻修辞

程虎把自己家的猪吹得天上有，地下无，还将其比喻成摇钱树。这是程虎在夸大猪的价值，以便更多地诈取钱财。

这赶车人是个三十多岁的中年人，上有老下有小，听了程虎的话心里十分忧虑，苦苦哀求程虎放过自己。

程虎哪管这些，恶狠狠地踢了赶车人几脚，大声怒喝道："这里的一亩三分地可都是我的，都是我说了算，捏死你还不跟捏死一只蚂蚁一样容易吗？"周围看热闹的人越来越多，但谁也不敢走上前去劝说。

语言描写

潘安的话是本着公道的原则来说的，表现了他内心深处想要为民做主的念头。

潘安挤到前面，对程虎说："他也不是故意轧了这头母猪，还是放他一马吧，照市场价格补偿给你也是一样的。"

程虎骂道："是谁给你说话的权利的！"

正在这时，听到消息的四个衙役赶来，一起高声喊道："县令在此，不得无礼！"程虎惊呆了，顿时手足无措起来。

在衙役的护卫下，潘安脱去伪装的衣服，扯去胡须，把脸洗干净，重新戴上官帽，换上官袍。

听说县令潘安在这里审案，四乡八村的人纷纷从四面八方奔来观看。官吏借来了桌椅，就地设置了公堂。

潘安下令让乡令过来见面，没想到程虎就是乡令。潘安只能按照规矩，让程虎坐在旁边，配合办案。

程虎赶紧向潘安赔罪。潘安却说："你不知道情况我不怪你，我这县官办事情还要靠你这乡令官呢。"

潘安当堂宣布道："此次车祸，当事人双方分别是赶车人和老母猪，此案为公正、公开地审理，我们应当先审赶车人，后审老母猪。"

潘安喝问赶车人："阳关大道足有三尺六寸宽，你却不走，为什么把车赶到人家的猪圈里，把老母猪轧伤了？”

赶车人连呼冤枉，说明事情发生在十字路口，车马到现在还是原样。潘安说：“十字路口是用来给车辆行驶，让行人行走的，不是用来养猪的，马车的线路正确，赶车人没有错，你走吧。”赶车人喜出望外，赶紧驾车离开了。

接着，潘安命衙役将母猪抬上来，开始审问。只见他对着母猪猛地一拍桌子，怒喝道：“大胆母猪！车有车道，猪有猪圈，人、车、猪都各自有道，应当各自循规蹈矩。为何你不在猪圈老实待着，偏要跑到这十字路口来？”老母猪除了哼哼根本无法说人话。

潘安继续说道：“众人皆知，养媳妇要管饭，养猪就要打好圈。像你这样不在家养着，却偏要跑去十字路口横行霸道的猪，怎么叫人安生？”拿审猪当作借口，潘安又骂了程虎一顿，骂得程虎脸上无光，走也不行，坐着也不安宁，抓耳挠腮，浑身不自在。

潘安离开座位，问母猪：“你知罪吗？”老母猪哼了一声。

潘安说：“既然没有要争辩的，那就听本官的判决。本想可怜你，法外开恩，但这样就没了公理。法律面前不讲情面，你被判立即斩首，正好给村里的孤寡老人吃肉，也让其他人看看不守规矩的下场。”

语言描写

潘安故意训斥赶车人把车赶到人家猪圈里，话语中暗藏玄机。

语言描写

潘安以教训母猪为名，其实是在对程虎进行敲打。

语言描写

潘安判了母猪死刑，并将肉分给百姓吃掉，给程虎敲了警钟。

程虎吓坏了，刚想溜掉，就被潘安喝了一声。

潘安笑着说，“你我同是朝廷官员，要起好带头作用。母猪被杀，你也有治家不严的错，应重罚；不然恐被百姓骂我们官官相护。看在你的猪已经伏法的份儿上，本官就判轻一点儿，罚你一百两银子，送到乡里学堂去帮助孩子们读书，免去官职，再打五十大板，好长长记性。”

五十大板下来，程虎被打得浑身是血，瘫倒在地。四周人的人群中，传出一片响亮的欢呼声。人人都夸奖潘安审猪审得确实不错，不仅教育了养猪人，还为百姓惩处了一个人人憎恨的恶霸。

阅读与理解

名师点评

潘安不仅人长得俊美，且足智多谋。他利用自己的聪明才智为当地老百姓除了一霸，因而受到人们的敬仰。

日积月累

祝贺　冷静　判决　破口大骂　补偿　哀求　权利

*潘安是晋朝大文学家，且素有中国古代第一美男子之称。当年，他在怀县当了一年县令后，百姓来县衙告状的现象几乎消失了，三班衙役纷纷前来向他祝贺，到处都是一片歌功颂德之声。

*潘安继续说道："众人皆知，养媳妇要管饭，养猪就要打好圈。像你这样不在家养着，却偏要跑去十字路口横行霸道的猪，怎么叫人安生？"

思考练习

1.潘安相貌如何？

2.程虎最终的下场如何？

读书心得

曹植作诗

名师导读

有的人可能总在为写文章而烦恼，而历史上有人在七步之内就能作出脍炙人口、流传千古的诗作。这个人就是——曹植。

做铺垫

曹植的才华遭到了哥哥曹丕的嫉妒，为后文曹丕陷害曹植做了铺垫。

曹植，字子建，是曹操的儿子，也是曹丕的弟弟。他的才华很高，因而曹丕很是嫉妒他，觉得他是自己的心腹之患。

曹操去世之后，曹植因为生病未能奔丧，曹丕便以此为借口，命许褚率领三千兵马捉拿曹植回邺城问罪。母亲卞氏见儿子们手足相残，哭着求曹丕放过曹植。

语言描写

曹丕嫉妒曹植的才华，故意刁难曹植，想要除掉他。

可曹丕不死心，故意指着墙上挂着的《二牛相斗》图，对曹植说道："众人都夸你文章写得好，说你才华横溢，可我觉得你是找人代笔的。今天，如果你能在七步之内，以这幅画来作诗一首，又不在诗中提到'牛'字，我便放过你。若你华而不实、写不出来，今天就别怪我不顾手足之情。"

曹植听了，在屋内踱了七步，随即作诗一首：

“两肉齐道行，头上带凹骨。

相遇块山下，欻起相搪突。

二敌不俱刚，一肉卧土窟。

非是力不如，盛气不泄毕。”

曹植的诗刚刚做完，满朝文武都表示叹服。

见计谋失败，曹丕又心生一计，说：“七步才能完成一首诗作还是有些慢了，不足以表现你的诗才。请你再回答我的一个问题。”

曹植说：“请你把题目说出来吧。”

曹丕说道：“这次就以你我兄弟二人为题，但诗中不能有‘兄弟’二字，否则定不会轻饶了你！”

语言描写

曹丕的话，引出了下文，也引出了流传千古的不朽诗作。

曹丕话音刚落，曹植便朗声念道：

“煮豆燃豆萁，豆在釜中泣。

本是同根生，相煎何太急。”

卞氏听了，在帘子后面失声恸哭，她走到堂前，责问曹丕：“他可是你的亲弟弟啊！你难道真的不顾念半点儿骨肉手足之情，如此逼迫他吗？”曹丕无奈，不得不遵守承诺，放了曹植，但将他贬为安乡侯。

语言描写

卞氏见曹丕对曹植步步紧逼，再也忍不住出言斥责，表达了她心中的愤怒。

在返回封地后，曹植因受尽曹丕的猜忌与迫害，每天都闷闷不乐，不久就去世了，年仅四十岁。

临终前，他想到自己被封为东阿王的时候常游览城南鱼山，深深喜爱那里的山水林壑，所以一再嘱咐儿子，将来要把鱼山作为埋葬地。

阅读与理解

名师点评

曹植受到曹丕的妒忌、排挤，在多次刁难之下，都凭借自己过人的才华化险为夷，不得不让人由衷佩服。

日积月累

嫉妒　心腹之患　手足相残

★“众人都夸你文章写得好，说你才华横溢，可我觉得你是找人代笔的。今天，如果你能在七步之内，以这幅画来作诗一首，又不在诗中提到‘牛’字，我便放过你。若你华而不实、写不出来，今天就别怪我不顾手足之情。”

★曹丕说道：“这次就以你我兄弟二人为题，但诗中不能有‘兄弟’二字，否则定不会轻饶了你！”

思考练习

1.曹植为什么嫉妒曹丕?

2.曹丕七步作的是什么诗?

木匠报仇

名师导读

君子报仇，十年不晚。楚平王做梦也不会想到，因为自己的残暴，让一个侥幸逃命的木匠帮助伍子胥找到了自己的藏身之处。

据说，当年楚国都城的古楼街，就是如今的湖北宜城的古楼岗。

楚平王在位时期，他把伍子胥全家都杀害了。之后，伍子胥逃往吴国，楚平王料到伍子胥日后一定会回来报仇。

为了防患于未然，楚平王提前做好了准备。他在全国招募了一千名能工巧匠，为他建造了一座水下宫殿，地点就在一片湖的底下。宫殿里面布满了暗道机关，将来一旦有了危险，他就可以在此躲藏。这座宫殿修建了十年，完工之后，为了不泄露机密，他设下了一个毒计。

> **叙述**
>
> 楚平王知道伍子胥一定会找他算账，就提前做好了准备工作，为了保住秘密，他设下毒计。这段话交代了故事的起因。

有一天，楚平王说要在湖下的宫殿里庆贺，便下旨安排宴席，说是要赏赐这些能工巧匠金银珠宝。建

数字的作用

九百九十九个能工巧匠被楚平王毒死，可见楚平王是一个心狠手辣的人。

造水下宫殿的一千个能工巧匠都因为参加楚平王的宴席，吃了早就被下毒的酒菜而被害死了，只有一个木匠因为家中有事逃过了一劫。。

多年以后，伍子胥果真领兵从吴国前来攻打楚国，并准备引来蛮河的河水淹没了楚都。

叙述

伍子胥果然如楚平王所料打了回来，要找他报仇，楚平王在战败后赶紧逃到了自己的地宫里。

据说，当堤坝被河水冲破之后，伍子胥带领队伍手拿铁锹冲锋在前，几丈高的水紧随其后向楚皇城的西门凶猛地冲去。楚平王见大势已去，只好赶紧逃到自己的水下宫殿去躲避。

伍子胥平息民愤后，重新稳固朝政，可他的心里还是因为没抓到楚平王而不甘，整天四处寻找。而那个唯一侥幸逃脱的木匠，听说伍子胥打了回来，急忙跑去找他报信。

这一天，在紫禁城外面，木匠看到伍子胥，连忙叫道："伍将军！您等等！"伍子胥回过头来，很是纳闷："你如何得知我就是伍子胥？"

木匠说："先前，楚王抓你的时候，到处张贴着你的画像，谁都认识你啊！"

"你找我干什么呢？"伍子胥说。

木匠说道："我猜到你肯定是在为寻找楚王发愁，我知道他藏在哪里，所以我是特地来帮助你找到他的。"随后，木匠告诉了伍子胥关于水下宫殿的情况，并带着伍将军去往水下宫殿捉拿楚平王。

伍将军深受感动，向木匠拜谢。他们一起来到了湖底的宫殿。木匠把一道道机关打开，却发现楚平王早已经被闷死在里面了。

伍子胥心中的仇恨难以消除，将楚平王的尸体拖了出来，并用马鞭抽打了三鞭。后世称这鞭尸之地为“晒尸台”。

动作描写

伍子胥鞭尸，突出了他的对楚平王的憎恨。

阅读与理解

名师点评

楚平王为了保自己安全，不惜杀死那么多匠人，而自己最终也死在了自己的湖底宫殿。这个故事告诉我们作恶多端的人最终会自食恶果。

日积月累

招募　躲藏　泄露　凶猛　侥幸　纳闷　捉拿　消除

★为了防患于未然，楚平王提前做好了准备。他在全国招募了一千名能工巧匠，为他建造了一座水下宫殿，地点就在一片湖的底下。

★据说，当堤坝被河水冲破之后，伍子胥带领队伍手拿铁锹冲锋在前，几丈高的水紧随其后向楚皇城的西门凶猛地冲去。楚平王见大势已去，只好赶紧逃到自己的水下宫殿去躲避。

思考练习

1.伍子胥逃亡到了哪个国家?

2.楚平王是怎样对待修建水下宫殿的能工巧匠的?

3.伍子胥对楚王的尸体是怎样处理的?

读书心得

朱元璋设宴

名师导读

朱元璋称帝之后，犯了疑心病，总担心有人篡位，便想杀死当年的开国功臣。足智多谋的刘伯温发现庆功楼的秘密之后，悄悄地告诉徐达，使二人幸免于难。

自从称帝以后，朱元璋总是害怕有人会谋权篡位，惶惶不可终日，众多开国元勋更是感到如芒在背。不幸的是，这两年，不是旱就是涝，夜里又常见天空中落下明亮的星星，这些都被朱元璋视为不祥之兆。加上又有几个奸佞之臣对他嘀咕那些开国功臣如何不好，于是，他愈来愈觉得这些事情疑点重重。朝中很多大臣们都被他以谋反为借口成批除掉。但是，他杀的人越多，疑心就越重。即使有大臣为他上表祝贺，他也会怀疑，怀疑人家的好话是不是话里有话，立即将人论罪处死。

叙述

叙述了朱元璋疑心很重，他利用各种借口杀掉功臣勋将，突出了他的多疑和残暴。

有一天，朱元璋独自闲坐在宫殿里面，心里又疑窦丛生，想着想着不免打了几个寒战。恰巧有人来报，说某位大臣又在家里聚众饮酒了，某位大臣又在背后抱怨了，等等。朱元璋气得浑身发抖，心里暗暗发狠：“一定要狠狠教训一下这群人！”

心理描写

朱元璋听了汇报，心中的焦虑更重，怒意顿生。

在沉思了一段时间后，朱元璋想出了一个主意——火烧庆功楼。

接着，他传旨下去，表明了自己的想法：自立朝以来，虽然赏赐了开国勋臣们爵位，却没有好好设宴庆祝过，如今皇权稳定，天下太平，应该马上准备庆贺一番。此外，他还下令工部，马上着手开工，建一座宏伟的建筑。

光阴似水，不知不觉几个月后，一幢华丽的楼宇建成了。

在楼门上，朱元璋亲笔写下了“庆功楼”三个大字。

他选了吉日，举行了典礼，并亲自把参加宴会的功臣名单列了出来，张榜公布。除了给功臣们继续加封，他还给每人都加了几个名号，来表示对他们的宠信。

叙述

朱元璋为了能够一次性除掉心头之患，表面功夫做得滴水不漏，真是虚伪至极。

这样看似万无一失的计策，最终还是被“再世诸葛”刘伯温看穿了。刘伯温感觉事情有些古怪，再联想到朱元璋多疑的性格，想到他接二连三地除掉了几位大臣，愈加觉得这件事不简单。在建好了庆功楼后，他仔细观察，终于发现了问题，庆功楼后新堆了不少干柴，而这些小事竟然都是由校尉和锦衣卫亲自动手的。见此，他一下子明白了。

刘伯温虽然知道了真相，但他既不敢劝阻，也不敢说出来。他沉思了片刻，觉得要早点儿做决定。于是，他写了一个折子上呈朱元璋，说自己年纪大了，精神不济，不能继续任职，请求告老还乡。

看了刘伯温的奏折，朱元璋觉得不对劲儿，但又想起他从跟随自己以来，确实为王朝帝业付出了不少心血，因而也只能皱起眉头，说："不管他了，就准了吧。"接着就用朱笔批准了。

被允许返回家乡的刘伯温马上将行李打好。在离开的时候，许多大臣都来送行，他悲痛万分，但也只能强忍着，不敢透露出半点儿消息。可是，当他和徐达碰面的时候，他还是没有忍住，眼泪顿时流了出来。徐达觉得不对，暗想：刘中丞忽然辞官还乡，今日见到我，又暗暗落泪，其中必有蹊跷。所以，他找机会悄悄地问刘伯温："刘中丞，是出什么事了吗？"刘伯温急忙看了看左右，见无人关注，才咽了下口水说道："将军，你就别问了！等到庆功宴的那天，你一定要记住紧跟着皇上，一步也不要离开，千万要记得啊！之后你就知道是什么情况了。"徐达听了，不敢继续追问，便与刘伯温匆匆辞别了。

很快，就到了朱元璋选定的庆功日。这天，庆功楼前欢声笑语，鞭炮声震耳欲聋。不久，文武老臣纷纷前来，一个个容光焕发，精神抖擞。

不久，朱元璋就来了。见到这几位老臣，他显得

叙述

刘伯温发现了秘密，选择保全自己，请求辞官归乡。

心理描写

刘伯温看到昔日同僚，知道他们很快就会没命，心中更加悲痛，却也无法说明。

场面描写

庆功宴的场面宏大，参加庆功宴的人们喜笑颜开，谁能想到后面会有那么悲惨的事情发生呢。

特别亲热，不停地嘘寒问暖，不停地夸奖称赞，满脸喜气。

宦官、侍从向朱元璋奏道：“已经准备好了酒宴，请圣上和众位大人入席！”

朱元璋转头看向窗外，窗子外的校尉与锦衣卫早已打出暗号，一切都准备好了。

语言描写

朱元璋见万事俱备，不由得心中大喜。

于是，朱元璋欣喜地说：“各位爱卿，既然是宴会，我们就先喝点儿酒吧。”

老臣们一听，更是喜出望外，一个个立刻都坐了下来。只有徐达站在朱元璋身边，一步一步地紧跟着。

朱元璋见众老臣皆入席，心中更加高兴，便命人给大臣们倒酒，又领着众人端起酒杯说：“大家随朕多年，南征北战，功勋卓著。今天特地给众位庆功，略表心意，诸位千万不要客气啊！”说完，高举酒杯，先干了一杯。

皇帝的话让老臣们听得热血沸腾，他们齐声欢呼道：“谢主隆恩，愿圣上万岁！万岁！万万岁！”然后各自端起酒杯喝完了杯中的美酒。

然后，朱元璋假装高兴地说：“好！痛快！快！再倒酒！”又命人斟满酒杯，陪着大家喝。

语言、动作描写

酒过三巡，朱元璋借口离开，可见危险马上就要来了。

在喝了三杯酒后，朱元璋站起身来，说道：“众爱卿，你们只管尽情地喝，朕不胜酒力先失陪一会儿，稍晚些时候朕再回来看你们。”说罢，他慢慢地走出了庆功楼。

看到朱元璋走了，徐达也急忙起身，紧跟着他追来。

朱元璋已走下楼来，听到身后的脚步声，转头一看，见是徐达，他立刻惊愕地问：“徐爱卿，你怎么不在楼上喝酒？”

徐达低声恳求道：“万岁，您当真想要把我们赶尽杀绝吗？”

朱元璋听后眼睛一瞪，知道秘密已经被徐达发现了。

他想了想，悄声地说：“既然你已经知道了这件事，朕就饶了你吧！不过这件事情再也不能被第三个人知道了！”说完，便把去路指给了徐达。

朱元璋与徐达刚走一会儿，庆功楼下就发生了一场大火。

常言道：“干柴烈火，龙王难救。”转眼间，庆功楼的门窗都烧起来了，整栋建筑都被火光笼罩了，烟尘弥漫。

老臣们原本在美美地喝酒，此时都惊慌地喊叫了起来：“着火了！着火了！”

他们一个个争先恐后地向楼门奔去，但火势已将楼门封锁。有些人拼着命撞向外面，但门怎么也拉不开。原来，锦衣卫早就反锁了这栋楼的大门。

场面描写

描写了庆功楼大火漫天的场面，刻画了一幅凄惨的画面。

不久，大火就烧到了屋子里。然后，地板也烧了起来，屋顶也烧了起来，到处是一片火海。火在那些

老臣的身上蔓延，他们的衣服也都着火了，所有的人都像火人一样。

火越烧越大，甚至烧断了楼顶的木梁，导致木梁一根一根地掉下来，瓦片也一片片掉在地上，当场就砸死了一些老臣，而剩下的一些老臣最终惨死火场。

可怜这些开国元勋，刚刚还喜气盈盈地接受皇帝的嘉奖封赏，转眼之间便化为了枯骨灰烬，命丧在朱元璋火烧庆功楼的计谋之中！

直抒胸臆

语句中有为那些大臣们命丧黄泉的惋惜，也有对朱元璋阴狠毒辣的鄙视。

阅读与理解

名师点评

“鸟尽弓藏，兔死狗烹。”刘伯温看透玄机，得以终老，诸多开国将领的死让人唏嘘不已，而更让人感叹的是帝王的无情。

日积月累

借口　祝贺　寒战　抱怨　发抖　沉思　稳定　华丽　计策

*他选了吉日，举行了典礼，并亲自把参加宴会的功臣名单列了出来，张榜公布。除了给功臣们继续加封，他还给每人都加了几个名号，来表示对他们的宠信。

★他们一个个争先恐后地向楼门奔去，但火势已将楼门封锁。有些人拼着命撞向外面，但门怎么也拉不开。原来，锦衣卫早就反锁了这栋楼的大门。

思考练习

1.朱元璋为何要杀掉那么多功臣？

2.朱元璋想出了一个什么主意来除掉那些功臣？

3.朱元璋是一个怎样的人？

读书心得

七仙女和董永

名师导读

天宫里住着玉帝的七个女儿，最小的女儿被称为“七仙女”。她居然悄悄地留在凡间，和一个叫董永的穷苦小伙子成亲了。这是怎么一回事呢？让我们一起来看看吧。

相传，天宫里住着玉帝的七个女儿，她们个个心灵手巧，擅长纺织华丽的锦缎。其中，纺织技艺最好，也最美丽的是小女儿，她被大家称为“七仙女”。

叙述

交代了七仙女是一个美丽且巧手的仙子。

有一天，七位仙女觉得天庭里太无聊了，想去人间游玩一番，便结伴来到了人间的一个集市。这里热闹非凡，她们觉得十分新奇。

集市不远处聚集着一群人正在大声议论着什么，七位仙女好奇地走上前去。

只见一个年轻人跪在人群中央的空地上，身上插了一根草标。仙女们不明所以，便向身边的人们打听。

一位老人说：“这孩子叫董永，他这是卖身葬父呢，他插上草标，是想把自己卖给别人为奴，然后用这卖身钱把自己的父亲给安葬了。唉，真可怜啊！”

心理描写

董永的孝心和忠厚老实打动了七仙女，反映了七仙女不慕虚荣的品质。

过了一会儿，一位姓傅的员外买走了董永。于是，围观的人都散去了。可是，七仙女的内心却泛起了涟漪，她被董永的孝心和忠厚老实打动了，她喜欢董永，想帮董永早日赎身，跟他一起过上幸福的生活。

姐姐们知道七仙女在想什么，便告诉她碰到危险的时候可以向姐姐们求救。接着，七仙女找到了土地爷，托他去跟董永提亲，想与董永结为夫妻。董永见有这么可爱的女孩愿意嫁给自己，哪里会不答应啊。于是，二人便在老槐树下结成了夫妻。

七仙女随董永一起去傅员外家做工。哪知道员外却故意刁难她："如果你想要董永获得自由，那你就得在今晚织出十匹锦绢。不然，我就将他的长工期限延长三年。"

语言描写

一夜之间织出十匹锦绢是根本完不成的任务，员外是故意刁难七仙女。语言描写刻画了员外贪婪、奸诈的丑恶嘴脸。

即使七仙女的织锦技术再高超，也不能在一晚上就织出十匹锦绢。于是，她向六位姐姐寻求帮助，她们一起将十匹锦绢在一夜之内织完了。最后，傅员外不得不履行承诺，给了董永自由。

夫妻二人一起来到见证二人结为夫妻的老槐树下，突然一阵狂风吹来，原来玉帝知晓七仙女下凡，命天兵天将前来传旨让她立即返回天庭。

七仙女不敢违抗，只好对董永和盘托出实情，告诉他，自己原本是天庭的七仙女，并不是凡人，这次是来帮助董永的。

说完，七仙女就腾空而起，飞到天上，董永回头看向老槐树，只见一行誓言留在树干上："天上人间，你我连心。"

阅读与理解

名师点评

董永之所以能娶到美丽勤劳的七仙女做自己的妻子，是因为他的孝心和忠厚老实打动了七仙女。故事表达了人们对孝心忠厚这些优秀品质的赞美。

日积月累

擅长　华丽　新奇　围观　涟漪　求救　刁难　履行　违抗

★可是，七仙女的内心却泛起了涟漪，她被董永的孝心和忠厚老实打动了，她喜欢董永，想帮董永早日赎身，跟他一起过上幸福的生活。

★突然一阵狂风吹来，原来玉帝知晓七仙女下凡，命天兵天将前来传旨让她立即返回天庭。

思考练习

1.董永是一个怎样的人？

2.七仙女是一个怎样的人？

3.读了这个故事，你有什么感受？

读书心得

麻雀报恩

名师导读

从前有两个兄弟，老大很狡猾，老二很老实。他们和一只神奇的小麻雀之间发生了让人不可思议的故事，这使得两人有了截然不同的命运。快来一起看看吧。

在很久以前，有一对兄弟，他们虽说是兄弟，但是性格迥异。老大非常狡猾，老二非常老实。当他们的父母都去世以后，老大非得要分家，他把家里的好房子和好田地都留给了自己，只留给老二一间破草房和一块贫瘠的田地。老二为人老实，对这样的分家也没有提出什么意见。

一天早上，老二醒来发现自己家门口有一只小麻雀。它是从窝里掉下来的，还摔坏了一条腿，树上的大麻雀无能为力地叫着。心地善良的老二连忙小心地把小麻雀从地上捡了起来，进屋把自己的衣服撕下一条给小麻雀包扎好，并把它送回窝里。后来，这只小麻雀很快恢复了健康，还学会了飞翔。

做铺垫

作者在这里讲述小麻雀的遭遇，为下文做了铺垫。

春天来了，有一天，小麻雀叼来一粒西瓜子，放

叙述

作者在这里给我们描述了西瓜子的生长过程，揭开了老二生活富裕的原因，暗示着好人终究会有好报。

在了老二的枕头边上。老二拿起西瓜子，心想就把它种在房屋旁边吧。这粒西瓜子很快就发芽了，老二很高兴，他用心地给它浇水、施肥。慢慢地，瓜秧上结出了一个大西瓜。当西瓜成熟的时候，老二切开西瓜，里面出来一个金娃娃。有了这个金娃娃，老二的生活变得富裕起来了。

老大看到老实的老二突然富裕起来了，觉得很奇怪，就跑来问老二。于是，老二把他救小麻雀，小麻雀给他西瓜子的事告诉了老大。老大听完，也盼着有这样的好事发生。

于是，他回去后每天早上都要看一看有没有摔下来的小麻雀。因为一直没有看见，老大心里非常着急。

动作描写

动词“掏”“掰”体现了老大为了像老二一样得到一个金娃娃，对小麻雀采取的手段之残忍。

一天，他从鸟窝里掏出来一只小麻雀，把小麻雀的腿掰断，小麻雀疼得直叫唤，大麻雀也急得直叫唤。老大进屋给小麻雀包扎好，又把小麻雀放回窝里，盼着好事的到来。

春天终于来啦，老大也得到了一粒西瓜子，他精心种下西瓜子。等到西瓜成熟的时候，他迫不及待地把它切开，发现里面什么也没有。老大气急败坏地摔碎了西瓜。

从那以后，老大的日子过得越来越差。相反，老二的日子过得越来越好。

阅读与理解

名师点评

老二的忠厚老实和善良使他得到了小麻雀的报答，老大眼红老二的好运，残忍地伤害小麻雀，受到了相应的“报答”。

日积月累

狡猾　恢复　富裕　改变　突然　奇怪　着急　气急败坏

*这粒西瓜子很快就发芽了，老二很高兴，他用心地给它浇水、施肥。慢慢地，瓜秧上结出了一个大西瓜。当西瓜成熟的时候，老二切开西瓜，里面出来一个金娃娃。有了这个金娃娃，老二的生活变得富裕起来了。

*他精心种下西瓜子。等到西瓜成熟的时候，他迫不及待地把它切开，发现里面什么也没有。老大气急败坏地摔碎了西瓜。

思考练习

1.老二遇到的小麻雀的腿是怎么断的？

2.老二为什么突然富裕了起来？

3.老大是一个怎样的人？

公冶长懂鸟语

名师导读

孔子有很多的学生，他们都各有所长。今天故事的主人公便是其中一个懂得鸟语的学生，他就是公冶长。

孔子有个弟子叫公冶长，传说中，他颇有些特别，因为他懂鸟语。

有一次，他从卫国回鲁国，一路上听见鸟鸣声不绝。他认真倾听，结果发现是鸟儿们在相互说话："小溪里有食物，快去吃吧！小溪里有食物，快去吃吧！"

> 语言描写
>
> 这是公冶长听到的鸟儿们说的话，说明公冶长能听懂鸟语，增添了文章的神秘色彩。

他继续向前走，看见路边坐着一位老婆婆，哭得十分伤心。

公冶长问她怎么了？老婆婆说："前天她儿子出门后，至今没回家，怕是遭遇了不测。"

公冶长听后赶紧说："我刚刚听到树上的鸟儿在说话，说是溪边有食物，要去吃，您可以去溪边找找看。"

老婆婆听后，觉得很奇怪，问道："你是谁，怎么懂得鸟儿的话呢？"

公冶长说：“我叫公冶长，是孔子的弟子，稍微能够听懂一点儿鸟语。”

老婆婆赶紧跑到小溪边，果然发现了儿子的尸体。于是，她就去县衙状告公冶长，说他为了钱财把自己的儿子害死了。

叙述

老太婆找到了儿子的尸体，反诬公冶长是杀人凶手，公冶长的好心没有得到好报。

县宰抓住公冶长审问：“不是你杀了人，你怎么知道溪边有死人呢？”

公冶长说：“我听得懂一点儿鸟语，这就是鸟儿说的话，我是从它们那里听来的。”

县宰说：“好吧，你说你懂鸟语，那我们就看看吧，如果这是真的，我就放你走，要不然你就等着受死吧！”

语言描写

县宰听了公冶长的申辩，并没有直接判断他说的是对是错，而是给他机会证明自己的清白。

公冶长在牢房里待了六十多天，但一只鸟儿也没有飞过来。有一天，突然有几只山雀飞到监狱外的栅栏上，吵吵闹闹地说着什么。公冶长面带微笑地听着，县宰问他：“那些雀儿是怎么说的，又是怎么逗你笑的？”

公冶长说：“那些雀儿说，白莲水边的车翻了，谷子和麦子都洒了出来，可怜的公牛折了角，粮没收完，赶紧去啄食。”

对话描写

县长和公冶长的对话说明公冶长证明自己的机会到了。

县宰听了将信将疑，派手下去看个究竟，果然和公冶长说的一模一样，终于相信公冶长不是杀人凶手，于是就把他放了。

公冶长离开牢狱后，生活格外穷苦，连饱餐一顿都困难。有一天，一只雀儿突然飞到窗前，叫他：

“公冶长，公冶长，

南边有只虎拖羊；

你要肉，我要肠，

快点儿走吧，别犹豫。”

公冶长赶紧到南山去，那里果然有一只死羊，他拖着羊回家，和雀儿分食。很快，丢失羊的人根据地上残留的痕迹找到了公冶长的家。一看到羊角就挂在墙上，他立刻认为就是公冶长把他家的羊偷了，于是向鲁国国君告状。鲁国的国君不相信人能和鸟沟通，以为公冶长是在骗人，就把他关了起来。

叙述

鲁国国君也不相信有人能听懂鸟语，这个特异功能再一次给公冶长带来了灾难。

听到这个消息，孔子深信自己的学生品性清廉正直，绝不会把人家的羊偷来吃，而且他知道公冶长是懂鸟语的。于是，他去鲁国国君那里为公冶长申辩，请求国君把公冶长放了。但鲁国国君仍认为，公冶长根本不可能懂鸟语，不肯把他放了。孔子只好叹道：“我的学生不该受罚啊！”

不一会儿，原来那只雀儿突然又到了监狱，在窗外对公冶长说：

“公冶长，公冶长，

齐人准备入侵来。

沂水上，峄山旁，

快去抵抗别犹豫。”

公冶长把雀儿的话告诉了狱官，请他向鲁国国君转述这些话。鲁国国君听了将信将疑，但事关重大，不能再犹豫了，便派了几个探子骑着快马，到边关去了解情况，同时把主管军事的大臣叫来，要他赶紧悄悄做好准备。

不久，探子回来报告说："确实如此，齐国军队正从沂河边和峄山边分两路向我国进攻。"

鲁国君臣提前做好了迎击敌人的准备，在四面设下埋伏，静静地等待着敌人落网，很快取得了重大胜利。

鲁国国君这才相信公冶长的确懂鸟语，便将他放了，并赐给他许多财物，还想封他为大夫。但是，公冶长不肯接受国君的封赏，仍要回家去做他的平民百姓。

> **叙述**
> 公冶长不想因为自己的特异功能而为官，说明他并不是一个贪恋权势的虚荣之人。

阅读与理解

名师点评

公冶长虽身怀绝技，却十分谦虚谨慎，淡泊名利。

日积月累

相互　伤心　遭遇　栅栏　穷苦　残留　申辩　将信将疑

*有一次，他从卫国回鲁国，一路上听见鸟鸣声不绝。他认真倾听，

结果发现是鸟儿们在相互说话："小溪里有食物，快去吃吧！小溪里有食物，快去吃吧！"

孔子深信自己的学生品性清廉正直，绝不会把人家的羊偷来吃，而且他知道公冶长是懂鸟语的。于是，他去鲁国国君那里为公冶长申辩，请求国君把公冶长放了。

思考练习

1.公冶长遭受了哪些诬陷？

2.公冶长被鲁国国君释放后，做了怎样的决定？

读书心得